警界传奇

1949—2019

我是警察

WO SHI
JINGCHA

胡金岚 著

金城出版社
GOLD WALL PRESS
·北京·

图书在版编目（CIP）数据

我是警察 / 胡金岚著. —北京：金城出版社有限公司，2019.6
ISBN 978-7-5155-1863-3

Ⅰ. ①我… Ⅱ. ①胡… Ⅲ. ①长篇小说—中国—当代
Ⅳ. ①I247.5

中国版本图书馆CIP数据核字（2019）第095633号

我是警察

作　者	胡金岚
责任编辑	刘　晖　雷燕青
开　本	710毫米×1000毫米　1/16
印　张	12
字　数	150千字
版　次	2019年6月第1版
印　次	2019年6月第1次印刷
印　刷	三河市百盛印装有限公司
书　号	ISBN 978-7-5155-1863-3
定　价	49.00元

出版发行	**金城出版社有限公司**　北京市朝阳区利泽东二路3号　邮编：100102
发 行 部	（010）84254364
编 辑 部	（010）84250838
总 编 室	（010）64228516
网　址	http://www.jccb.com.cn
电子邮箱	jinchengchuban@163.com
法律顾问	北京市安理律师事务所　（电话）18911105819

目　录

第一章　凶杀案引来了“专家”

1

邢敏知道天亮了。

只有阳光透过窗帘射过来，落到她凉冰冰的脸上，才会有这种柔和、温暖的感觉。她知道。其实，她更想让那温暖的面积变得大点儿，再大点儿，最好能延伸到腰部以下，那就完美了。可她就是睁不开眼睛，更无力支配已经不知道安放在何处的四肢。她只能想象着，窗帘被一点点儿拉开，阳光从她的脸上扩大到身上，腿上，然后跳过办公桌的隔挡，照到对面那几盆小花上。它们被烟熏火燎了一晚上，必须好好经受光合作用的修复。

“嗤——”随着一声轻轻地拉窗帘的声音和一阵浓郁的衣物柔顺剂的味道，邢敏连一张脸的阳光也享受不到了。

梅硕来了，捧着香喷喷的猪柳蛋和热腾腾的咖啡。他本想大叫的。昨晚离开前，他刚刚收拾的办公桌，此时已是另一副模样。凌乱的文件、笔记本中，散落着吃了一半的方便面盒。红色的油渍凝结在餐盒壁和浑浊的面汤里。饼干袋、薯条袋伸着头，张着嘴，盘踞在档案袋上。矿泉水瓶里，几个烟蒂泡在昏黄的液体中，好像在发生化学反应。一只小巧的穿着黄白相间条纹袜子的脚，行为艺术般摆在桌沿上。顺着那条穿着运动裤的腿，可见一只大黄海绵宝宝靠垫挡着邢敏瘦小的上半身，连接着那张清秀的脸，肆意地窝在转椅里。

看着睡得那么忘我的邢敏，梅硕便不舍得发出一丁点儿声响了。他只能找地儿放下那份他精心挑选的早餐，轻手轻脚地将漏光的窗帘拉严……

“你他妈就不能让人睡个安稳觉！啊——”被剥夺了温暖和阳光不说，还要被咖啡和汉堡的香味刺激，邢敏终于战胜疲劳，忍无可忍地发出怒吼。

说这话的时候，邢敏的眼睛已经露出了一条缝。她看到五大三粗的梅硕抱着一条卡通睡毯，站在离自己不远的地方，不知所措……梅硕的喜感永远能第一时间治好邢敏的起床气。她瞬间恢复动能，四肢稍一用力，整个人轻巧地蹲在转椅里，然后依靠身体的力量，左右晃动着，将转椅靠近桌子，闷头吃起汉堡来。

“不是我说……你，你也算是个女人……”

梅硕彻底无语，仔细叠好睡毯，收到柜子里，一把拉开窗帘，让阳光照进屋里。邢敏眯着眼睛，美美地喝了一口咖啡，伸着脖子，边尽情享受着阳光的普照，边念叨着：

“还是我们小梅好。本尊还魂了，彻底还魂了。”

“不是我说你，你一个女孩子用得着跟他们大老爷们一起熬夜玩命吗？昨儿又是一宿吧？看把我的小花熏的。”梅硕心疼地用喷壶小心浇灌着自己办公桌上的盆栽。

“案子多怎么办啊？和着干呗！”

“他们怎么不说帮帮咱们啊。那上百号关系人还不得我一人过。”

“要不，这案子咱给大飞他们吧。反正他们虱子多了不咬。”

“这不是你风格啊？说，受什么刺激了？”

“说什么说啊，赶紧的，把我这桌子收收。”

其实梅硕早麻利地收拾起来了，只是他嘴上仍不能停：

“我也是倒了血霉了，有你这么个探长。你说你自己乱就算了，还要殃及我这个优秀的池鱼。难怪没人敢娶你……”

梅硕突然意识到什么，捂着嘴停住了，眼角偷偷扫向正端着盆准备去洗漱的邢敏。只见她愣了一下，猛地转过身，冲过来，踮起脚，伸出手，拧着梅硕的耳朵说：

“我有你这样的男人，还嫁什么人啊？”

梅硕自知说错了话，连声求饶。邢敏也无心恋战，只张开手，伸向梅硕乌黑的头发，将那个不知打了多少发胶才固定好的发型弄得贼乱。

“哎，你，别，别，这样不好。真不好。”

“有什么不好啊。”

“你看你，男女授受不亲。动手动脚不说，刚才还那么说，这要是让我女朋友听见了，不好。”

“哟，这么快，又有了？效率不低啊！”

“怎么说话呢？什么有了，我一个大男人，我有什么啊有？”

“还知道你是男人啊，是男人就跟我掏人去，别一有事就躲，让人家说我是光杆司令，只能配合别的组。”

“我是，我是真过敏，你又不是不知道。再说，咱堂堂重案，凭什么跟着治安的一起去掏狗窝啊。我想不通。”

“那叫综合执法，你知道吗？就你这样的，有了命案也……”

电话应景儿似的，火急火燎响了起来。邢敏眼睛冒光，示意梅硕接听。

“你好……啊……是我们的班儿……不是，这……是没到九点啊……靠！”梅硕气急败坏挂了电话，指着邢敏，大叫，“你说你，简直是乌鸦嘴，就不能说话！”

“这是又有案子啦，走着！”

2

案发现场是一个老旧小区的半地下出租屋。报警人是受害人程潇打工餐厅的经理杨大伟。据杨大伟陈述，因早点供应时间没见程潇的影儿，打电话又联系不上人，不放心才到她的暂住地看看。当时，程潇家大门虚掩。他叫了几声没人应，就推门进了屋。这才发现程潇被赤身裸体倒挂在厕所里，地上还有一盆血，遂慌忙报警。

邢敏让梅硕负责给杨大伟做笔录，自己跟着技术人员进入核心现场。屋内空间不大，却布置得井井有条。迎面墙上挂着两副廉价的仿真油画，底下临墙而立的是一个简易书架。除此之外，一床、一桌、一衣柜，再无他物。邢敏没有着急往里走，而是蹲下身，翻看书架里的书。和她想象的不太一样，书架上没有一本时尚杂志或者通俗网络小说，而是些盖着某某图书馆印章的旧书，一看就是旧书摊上淘来的。内容也让人匪夷所思，净是些老旧名著或者诗歌散文。邢敏实在无法把一个餐馆打工妹和文艺女青年联系起来，而这种跨界混搭进一步体现在衣柜里的衣服和床品上。邢敏发现，程潇床上的被褥还整齐地叠着，雪白的床品散发着浓郁的84消毒液的味儿。而她不多的几件衣服，虽质地欠佳，但保持着素雅简洁的风格。只有一条红色的裙子，被撕得七零八落，蜷缩在地上，与墙上、地上的斑斑血迹相互映衬，好像朵朵血色的花朵。

这是一个怎样的女人？又因何遭到那样惨烈的结局？邢敏迟疑着，有点不敢继续沿着那条血迹铺就的路线往里走。这时，用头套、防雾镜、口罩、套袖、鞋套等装备将自己全副武装好的梅硕走了进来，边干呕着，边把一个口罩递给邢敏。

“哦啊，你——这血腥味你愣没反应？真服了你了。”

邢敏皱着眉头看着他，发自肺腑地说：“小梅，咱不受这罪了，你回警院吧！接着搞科研，鼓捣计算机，那里才是你的天地。行不？”

“不行，谁让我答应老院长了呢，我得对你负责。”

“我靠，就你，还对我负责呢？你省省吧！闪开，别碍事。”

邢敏收起瞬间即逝的温情，扒拉开他碍事的身体，大摇大摆地走到卫生间门口。她的脚步突然停住了，深吸一口气，回过头看看梅硕：

“小梅，这儿你就别来了。真的。”邢敏说得字字真诚。

“看不起人是吧？”梅硕并不领情，气鼓鼓地走过去，冷不丁往卫生间里望去。瞬间，他像被隔空点了穴，愣在原地。接着，一股腥热直往上翻，他敏捷地一手接住自己的呕吐物，一手捂着嘴，狂吐着往外跑……邢敏坏笑着走进卫生间。

卫生间里，一具赤条条的尸体倒挂在下水管子上，一头直发被血水粘成一绺一绺的，遮着死者的脸。白色的瓷砖遍布血水，令这个狭小的空间几乎成了红色。邢敏禁不住吸吸鼻子，蹲下身，轻轻拨开死者的头发。一张土灰色的脸赫然露了出来，吓得她下意识地往后躲了躲。

“没事，血流干了都这色儿。”一个苍老的声音不知从什么地方传来。邢敏惊得头发根直立，几乎叫出声来。她猛地站起身，转过头，发现一个头发花白的干瘦老头，抱着个木头盒子，畏手畏脚地站在门口，向厕所里张望。

“你，你谁啊，谁让你进来的？”

邢敏紧张地看向外边，几个穿着技术勘察服的年轻人兀自忙碌着，并无异常。老头把盒子倒到左手，费力抱着，右手慢吞吞地伸向衣服内兜，摸索着，翻找了半天，才掏出一张皱皱巴巴的纸片，尽量微笑着递给邢敏。

从那个笑容里，邢敏认定这是一个老警察。因为只有习惯了和罪恶打交道，整天浸泡在焦虑和紧张中的警察才具备那种面部肌肉被无情感的整齐调动的皮笑肉不笑。

“您是邢探长吧，我是省厅的老周，周长生，这是我的介绍信。”老周的自我介绍打断了邢敏的思路。她抖开纸片，扫了几眼，果断塞回老周怀里。

“你找别人吧，那案子我不管了。”

“为，为什么，多……”

“我嫌脏。”

“可……”

“小梅，小梅，嗨，让你走还真走啊？”邢敏忽然变得有些不知所措，慌乱中只好抬出梅硕这个挡箭牌。

邢敏就这么叫着跑开了。老周并没有追出去，而是继续在现场转悠。跟邢敏一样，他对血迹并无感觉，似是天生免疫般在那片血腥里待了好久，才缓缓走出卫生间。接着，那些旧书引起了他的注意，而令他最感兴趣的还是那条被当成普通证物扔在一边的破碎的红裙子。

“这个，不应该啊……”老周拎起红裙子，小心验看着，口中喃喃自语。

3

每次开会，邢敏都会在云山雾罩中，被十几个大男人围着，根本看不出男女。时间长了，连她自己都有点儿模糊自己到底是不是个女人。当然，有时候，为了提醒别人，主要是提醒自己，她也会发出不满。

“你们能不能别抽了，有点绅士风度啊？”

“你又不是不抽，来棵。”民警小王嬉皮笑脸。

“胡说，我什么时候抽过？”

“你桌上可没少放着盛烟头的矿泉水瓶子。不是你是谁？”

这个时候，群众的眼睛永远是雪亮的。有时候为了排解压力，邢敏确实需要香烟的刺激。可她不愿也不能承认。作为刑警队唯一的现案组小头目，她本来就是大家注视的对象，她要维护自己性别里的淑婉。再说，香烟本就是她实在困极了、累极了，或者限于情绪低谷的时候，才想起来的东西。她可不愿意这些本来就看不起他的男人们发现她也会累、会困、会软弱……这种由两性根本区别造成的矛盾终是不可调和的，邢敏明白。所以，即使这种想法十分无理无聊，但她只能无条件接受和全方位面对。不过，自从梅硕深入生活到刑警队挂职锻炼后，她好像多了一个挡箭牌。

“是，是我，对，我抽的。”梅硕总是关键时刻挺身而出。

“你，拉倒吧，一天到晚跟伪娘似的，会抽烟吗你？”

“你，你侮辱人。”

“哎哟哟，咱们女中豪杰用得着你来维护？我看你还是省省吧！是不是敏敏？”

邢敏笑着给梅硕解围：“不许你们欺负我小弟啊。我就这么一个亲人了。”

队长用他特有的姿势叼着烟，斜眼看着大家逗贫，忽然对邢敏说：“孤单吧？我这就给你找个新亲人。”

邢敏不明就里，怀疑地看着队长坏笑着与旁边的民警耳语。民警乐颠颠跑了出去。

“你撞狗屎运了，能给我分新人？”

“嘿，这丫头，怎么说话呢？我不是体谅你，自己带个秀才，实在耍不开吗？”

邢敏敏锐地觉出此事有诈。队长一向看不上她一个女人占了自己刑警队重案组探长的指标，曾经千方百计要把她弄到机关去坐办公室。要不是她拼命跟班作业，让自己跟男人一样破案抓人，在业务指标和体能考核上没一项掉链子的，早不知道被人家挤到什么地方去了。其实，她不是不理解领导的苦衷，她只想证明女人也能跟男人一样，而不是他们的附庸。可这种执拗的结果就是，让领导以为这是个喜欢犯上叫板的刺头。再加上，邢敏从不善于沟通和迂回，队长权衡了诸多元素，一早在人力物力上对她采取了一点儿相应的措施。这个，邢敏早有感觉。如今，冷不丁冒出个“亲人”，她不能不多想两分钟。

民警领来的竟是老周。一身皱巴巴的警服挂在老周身上，怎么看都像是别人的。

队长热情招呼着：“来，邢敏，介绍一下。这是省厅介绍来的专门配合你调查妓女被杀案的专家老周同志。”

老周谦逊地看着邢敏：“什么专家啊，我，我就是……”

这就是队长要给自己找的亲人？邢敏沉浸在自己的思维里，根本不知道大家在说什么。她不明白老周为什么要穿警服？这世上怎么还有那么不适合穿警服的人呢？也许他还穿着那天那件驼色的薄棉袄，自己更能接受他。队长居然给自己配了这么个人，而且还说是……猛然间，邢敏感到一股无名火直冲头顶。她“呼”地站起来，质问队长：

“你什么意思啊，不是说好了那件案子我不接吗？”

队长没想到这个小丫头片子能当着省厅的外人给自己下不来台，脸色立刻变了：

“谁答应你了？你谁啊，接个案子还挑肥拣瘦的。再说了，首案负责制，你懂不懂？什么态度？”

“行，你们以强压弱，我找局长评理去。”

邢敏撂下狠话，摔门而出。众民警互相看看，禁不住哄堂大笑。梅硕想起身去找邢敏，又怕队长不高兴，让事情更加激化，只能尴尬地笑着，用眼睛瞄着那个不速之客。老周好像没有接收到任何不友好的信号，依然笑着打着圆场：

“年轻人，有点儿火气，好事。”

“哼，就是惯的。天天把自己当公主，以为这是哪儿啊，这是刑警队，不是养大小姐的地方……”

队长气鼓鼓地坐下来，端起茶杯灌了半杯凉茶，马上有民警过来，为他的茶杯蓄满水。

“唉，这才是女人该干的。她偏偏不爱干，真是不知道怎么想的……得，不说她了啊，咱们接着开会啊。谁先把上午那案子说说……”

门突然被撞开了。邢敏没事人似的，大摇大摆地走进来，重新坐下：“首案负责制是吧？这案子我接的，连同老周要查的那个，我负责到底。”

刑警队就是这点好——谁都知道谁的不容易。谁有压力或是实在焦虑得排解不开了都会胡乱嚷嚷两句，发泄发泄。一般嚷嚷就嚷嚷了，完了继续干活。谁也不会往心里去，更不会计较是针对谁。邢敏刚才发泄完，被楼道里的凉风吹了吹头昏脑胀的中枢系统，忽然产生了一个灵感——也许有了老周的加磅，她就能将这个案子一抓到底，而不是跟以前似的，辛辛苦苦做完了基础调查，最后冲刺让人家别的探组抢了去。带着这个心思，她便自己给自己找到了台阶，老周在她眼里也就不再那么不堪了。

邢敏麻利地走到投影前，开始介绍案情。

“死者程潇，女，35岁，良心餐厅大堂领班，祖籍内蒙古，三年前来到本市。父母双亲在老家务农，只有一个妹妹程瑶，同在本市联大财会专业读二年级……”

4

邢敏最终赢得“1105”杀人案的侦破权，当然不是因为她叙述案情清楚，掌握线索精确。好歹也在刑警队摸爬滚打了四五年的她，自然明白这个道理。可她根本想不到更深层次的东西。队长就不一样了，政工干部出身的他，深谙人性之道，没用几分钟就搞清楚所有情况。这个案子和之前邢敏接的那起卖淫女被杀案一样，现场血腥，动静不小，可有价值的线索少得可怜。一般有经验的侦查员在接触案件之初，对案子的侦破都会有自己的直觉。案子不好破，那些刑警队的老油条们自然不会主动冲上来搅这趟浑水。再加上，省厅忽然来的所谓专家老周本就是个烫手的山芋。表面看，人家是支持工作，协助破案，实际上谁办事都有个目的性，人家的专注点自然还在自己的案件上。再说了，探组里凭空多个人，沟通磨合的事自然少不了。老周又那么大岁数了，往好听了说是经验丰富的前辈，明眼人谁不知道那就是凭空来了个“爷”，不仅要敬着，更少不了碍于省厅专家的名头，要请示汇报。队里那些老侦查才不会给自己找这些麻烦。如此一来，邢敏简直是帮他解决了两个大麻烦。与此同时，他还能用这种疑难案件消磨邢敏的斗志，直到她认输，主动提出离开刑警队。队长在为自己的一箭三雕洋洋得意的时候，忽略了一个问题——邢敏根本就是一个单核低情商动物，她想不了那么多那么深不说，更不会那么容易认输。对于他的处心积虑，邢敏的反应只会更斗志昂扬。不过，这就对了。

散了会，邢敏就拉着梅硕和老周直奔串吧。她要化压力为食量，顺便与老同志沟通一下感情。其实，对老周她早就有耳闻，还在刑警学院的时候就听说过他的事迹，有几个教学案例好像还是他亲自主办的。当时，大家都把老周看作身边的大神探。可后来听说因为一起久侦未破的卖淫女被杀案，老周开始钻起牛角尖，一有风吹草动，或者哪听到点儿什么信息，就不管不顾冲出去“千里缉凶”。一开始，大家还说他责任心强，为了破案，抛家舍业，无私奉献。时候长了，可就没人这么说了。老周渐渐成了哪也不愿意要的骨灰级“大爷”。事实在那儿摆着，警力有限，哪个单位也不愿意养着这么一位一心只想着自己的案子，为一起案件随时可能撂挑子走人的“大爷”。省厅考虑到他曾经的功绩，只能将他调到档案处，还封了个“刑侦专家”的名号，养了起来。谁想，这位“大爷”真会拿着鸡毛当令箭，一边依靠档案处的便利条件，阅遍相关案例，一边关注着全国各地相似案件的发生。十几年来，竟是走遍了大半个中国，摸排了上千名案件的关系人。虽然至今仍没有找到他那起案件的真凶，但是在连环杀人案件的侦破和辨别上，老周早就练就了一双火眼金睛。

对这两起案件，邢敏从来不指望老周能帮上多大的忙。她一直坚信这两起案件跟老周要找的真凶没半毛钱关系。她只想膜拜一下前辈，然后劝老人家把这些糟心的烂事留给他们年轻人，麻溜儿打道回府，安享美丽人生。

想是想得挺好，这饭菜端上来，邢敏竟没一点儿食欲。看着老周那张饱经沧桑、陌生无比的脸，更是一句贴心的话也说不出来。老周好像跟她一样，没有食欲，更无交流欲，抱着他的宝贝盒子，解恨似的抽着他自带的说不出牌子的香烟。梅硕把明显凉透的肉串往邢敏手里递，被无情地打回来。他又向老周跟前送了送，也被礼貌地拒绝。无奈中，他只能往自己嘴里送。油腻立即糊住了他的嘴。他夸张地吐出肉块，还旁若无人地漱起口来。

“你能不能顾及一下别人的感受，真恶心。”邢敏开始找茬。

“我——反正你们也不吃，我……”

“我不吃，人家周老也得吃啊。”

“行，吃，吃。”老周好像刚明白似的，扔掉烟蒂，抓起一根肉串，大嚼起来。邢敏、梅硕愣瞌瞌地看着年龄跟自己父辈差不多的前辈，就着铁盘子，毫无禁忌大快朵颐。不一会儿，邢敏就看不下去了，拦住老周伸向盘子的手，招呼服务员来把桌上的肉串都端回去加热。

“不碍事，老刑警了，这胃都是铁打的。”

“您这是一个人野惯了，没人伺候您。”

梅硕口无遮拦，心还是蛮细的，边说着边用纸巾蹭掉老周嘴边的油渍。老周一下无法适应被人这般照料，脸腾地红了。

邢敏禁不住笑了，劝慰的话，随口就说了出来：“大爷，您老该回家抱孙子就赶紧回家抱孙子吧，别跟我们年轻人在这熬着了。”

“抱什么孙子啊。哪有啊，家都没啦。”

“就为了，为了，那个案子？”

“也是，也不是。嗨，人啊，这一辈子，‘哗啦’一下就过去了。”

老周并不愿多说，抓起刚刚端上来的肉串，享受地咬了一口。

“呵，还是热的香啊！”

梅硕体贴地给他倒了杯啤酒，正要送到老周面前，被邢敏拦下了。

“服务员，来个小二。”

“你这是，待会儿还有事呢。”梅硕是个对酒无感的人，永远不知道有时候，酒精是拉近人与人距离的最好媒介。

“嘿，还是丫头了解我。有酒有肉，这人生就完美了。”老周果然上套，麻利儿地给自己找了杯子。

等老周第一口酒下肚，邢敏才再次开口。

“那您觉得值得吗？”

梅硕好像被辣椒呛住了，兀自大声咳起来。老周像没听见一样，自顾自吃喝着。邢敏无趣，只能向服务员又要了一个小二，自己打开来，对瓶灌下一大口。

“丫头，今天的事，你也别往心里去。这刑警队，本来就是男人的世界。”

老周没头没脑地冒出来一句话，邢敏听着心里十分受用。自从父母走了，那个他也……真的太久没人跟她说过这么贴心的话了。冲动中，她又灌了自己一口酒，趁着火辣辣的感觉没有散去，她执拗地再次强调了自己的观点。

“反正，我觉得为那些人不值。”

梅硕警觉地为老周的盘子里添了一个烤蘑菇，以他的经验，邢敏沾了酒，这嘴就更没把门的了。为了不让她不经大脑的话继续泛滥，他只能挺身而出，将所有的所有都往自己这边揽。

“大爷，您的事迹我们都当重大典型认真学习过，可就您老忙乎的这事吧，它也，太，太不靠谱了，没完没了不说，案件性质也存在争议啊？而且，我们头儿，她腻歪这个，腻歪，您懂吗？”

“小子，死者为大懂吗？这些人啊，是不干净，可她也有活着的权利啊？再说了，都是有皮有脸的人，不到万不得已谁会干这个啊？”

梅硕见自己目的达到，正要封口，谁知邢敏开始不依不饶。

“大爷，不是我跟您过不去。我这俩案子，跟您那个肯定不沾边。那个妓女案的身份到现在还没有确认，我们只是从她的着装上分析，她是性服务者。协查通报发出去快两周了，一点消息都没有。后边这个程潇，干脆就不是妓女。两起案子，除了都是……

邢敏忽然想起什么，停住了。

“都是流干了最后一滴血。跟15年前的那三起性服务者被杀案一样。”老周的目光突然变得幽幽的，独自咂摸了一口白酒，主动引出了对方想说而不好问的话题，“你们肯定都想知道当年那些事。当年啊，我跟你们一样年轻……”老周的眼睛望向远方，仿佛又回到了从前。

5

15年前的老周已是省厅刑警总队大案支队的队长，脸上还没有这么多沟壑，身边也是围拢着几个得力的助手。那起改变了他命运走向的案件，像每起他经历过的案件一样，来得突然而直接。那是他生命中的第多少个命案现场根本无从考证，他只记得那是个万物复苏的季节。柳树正泛着黄绿色的嫩芽，他的世界也是春满大地、欣欣向荣的景象。所以，即使是凶杀案，自诩身经百战的他也并未放在心上。那时的老周，具有掌控一切的勇气和力量。

案发现场在省城附近的某个村落荒芜的野地里。老周一开始就被那具浑身赤裸、双手双脚被叠加捆绑的女尸震撼了。出了那么多现场，这是他见过的最干净的尸体。她就那么静静地躺在正在复苏的土地上，浑身清白，双目紧闭着，双手双脚合十着，像是在用自己的身体祈祷着什么。尸体旁边整齐地摆放着一条红色的裙子，颜色艳丽的与尸体身下被血液浸泡得提前醒来的土地融为一体。

老周禁不住蹲下身，捧起地上的土壤，仔细嗅着：“真是流干了身上的血啊，地都给泡喧腾了。”

白发苍苍的法医走过来，满脸忧郁地告诉他，尸体不仅被控干了血液，还消耗了最后的食物和水分：“你看这肚子，不用解剖，我就能告诉你，至少七天以上没进食了。不过你看这指甲、这文身……”

“你说是特殊职业者？”

“看着像。”老法医围着尸体转了两圈，“还有这阵仗，指定不是一般的劫财劫色。”

新来的小陈不无担忧地看着老周：“头儿，咱不会是碰上连环杀手了吧？”

老周心头拂过一丝不祥的预感。当然，这都是事后他回忆起来的。当时的他不会说出任何长他人志气灭自己威风的话：

“说什么呢，咱们这不产那玩意儿。有，咱们也不怕。去，先查查关系人。”

“这哪查去啊？这脸都烂成这样了。”

小陈一语道破天机。谁都明白这种案件，确定尸源是第一步。而这个案件——老周不得不承认他们碰到了一块难啃的硬骨头。可他没有时间跟它纠缠，队里一起全国挂号的缉毒案等着他去“摘果”呢。如果真被老法医言中，这种案件，流动性大，确定死者身份就是第一难，之后关系人复杂更是工作量巨大，不塌下心来搞个十天半个月根本不可能见成效。如今队里人手紧张，他又必须做出领导的姿态……老周沉吟片刻，老刑警的套路召之即来。他向小陈招招手，将其叫到一边。

“小陈，你刚来，好多事还没整明白，这可是立功受奖的好机会。你可准备好了，机不可失时不再来。多费点心，把基础工作做扎实。其余的哥几个得跟我奔南城，这就只能交给你了。”

小陈一副受宠若惊的模样，忙不迭点着头，生怕队长将这个难得的机会让给别人。

后来的事情，基本与老周预料的一样。尸源找不到，案件性质无法确定，关系人等工作更无从谈起。他们能做的只有走访目击证人一条路。最让人头疼的是，小陈一语成谶，连环杀手不但出现了，而且来无影去无踪，终于成了老周永远的心病，改变了他本可以一直辉煌的人生。只是，世事难料。大家本来还为小陈初出茅庐就受此重创，没多久就自己认怂，要求调到辖区派出所去当管片民警的事唏嘘不止。哪知道，祸兮福所倚。小陈因祸得福，成为扎根基层的优秀典型，从此平步青云。十几年后，早已是派出所所长的小陈，不久前见到仍对这个案子不离不弃的老周时还不忘调侃：

“我说周师傅，多亏您当年让我发现群众的力量是无边的，我下决心深入基层，到群众中间来，才真正如鱼得水，取得这样的工作成绩啊。”

面对明显的揶揄，老周能说什么呢？除了装傻充愣，坚持所谓“机会永远是给有准备的人”的理论外，只能就坡下驴，甚至不惜恭维人家年轻有为，前途无量。有什么办法呢？事实如此，山不转水转，人家现在是现官现管，这些老案积案的侦破可离不了这些年轻有为的中坚力量。

想起如烟往事，老周只能自嘲地微笑，然后狠狠地喝下一口酒，说出一句从未承认过的实话：

“当初，我要是自己盯下去，可能这个魔鬼早就抓住了。”

“大爷，那您承认有变态杀手了？”梅硕小心地问着。

邢敏觉得梅硕将话题扯远了，禁不住往回拉：“有也不是咱们这两起。小梅别跟这儿耽误时间了，赶紧回去接着看监控。我就不信，没他们配合，我破不了案？”

老周果然听者有心了：“邢探，你说我是浪费时间？”

邢敏终于忍不住说出自己的话：“大爷，我不是那意思。我是说，当刑警的，哪个手里没几起破不了的案子啊。您老别自己跟自己较劲。”

邢敏的话肯定重了，尤其对几乎是陌生人的老周。梅硕拉了拉邢敏的袖子，意思是你别喝多了乱说话，大家不好收场。邢敏当然明白，可她顾不了那么多，要是大家都拘着不把话挑明了说，那得费多少口舌啊！她可没那个时间。

老周果然没再说话，像一个受了重创的病人，用手指抠着他那个宝贝盒子，张了张嘴，想说什么，又不知如何表达似的，忽然笑了笑，一扬脖干了杯中酒，抱着盒子走了。

梅硕禁不住数落邢敏：“你啊，就是说话太冲了。社会需要和谐，懂不懂？”

邢敏本不胜酒力，此时被酒精刺激着，只能梗着脖子强词夺理：“都和谐了，事谁干啊？”

第二章　情杀还是图财

1

对被害人亲属程瑶的询问，邢敏几乎全程陪着落泪。她也不知道自己哪来那么多泪水，更不知道是要与程瑶分担悲痛，还是好容易找个理由，让人家跟她分担压力。她只知道，程瑶口中的程潇真的是一个好姐姐，甚至可以说是一个好母亲。她无条件地满足着程瑶的要求，同时包括她男朋友的要求。案发当晚，程潇就是准备了五万块人民币，给程瑶男友李阳参加APP学习课程，等着程瑶去取。可谁知，李阳电话一直处于关机状态，程瑶空等一晚，第二天便惊闻姐姐程潇被杀的噩耗。

程瑶趴在邢敏身上轻轻抽泣着，她已经哭不动了。她不能想象姐姐就这样莫名其妙地离开了自己，更不能接受，值此艰难时刻，男友李阳竟不见了踪迹。她已经两天没有李阳的消息了。李阳就像人间蒸发一样，忽然消失了。与其一起消失的，还有那笔程潇等着程瑶去取的五万元学习款。

邢敏等程瑶情绪稍微稳定了，才将问话引入正题。

“你想没想过，也许李阳单独去见了你的姐姐程潇，获得了那笔学习经费？然后……”

邢敏的问话把程瑶定格在呆滞的状态。她看着面前虽无亲和力但陪着自己掉了半天眼泪的女警察，喃喃自语：“别让我相信我不愿意看到的，我不信……”

邢敏知道此时再费工夫也是徒劳，只能结束询问，将工作重点放在查监控和李阳的行踪上。好在梅硕可以算是这方面的专家。他三鼓捣两鼓捣，就弄出了案件的大致脉络，给她赢得了一次案情汇报的机会。

尽管队长仍是一脸不耐烦，但邢敏尽量学着老侦查的样子，语气上随意清晰，逻辑上一丝不苟：

“监控录像都记录下来了。案发当晚，出现在程潇家附近的可疑人一共有四个。”

邢敏调控大屏幕，投影上第一个出现的是笑呵呵的柯正华。

邢敏第一眼看到这个人，觉得十分面善，本不想列为嫌疑人，可是老周不干，强烈要求她跟进此人。邢敏无奈，很快将柯正华查了个清楚。哪知，不查不知道，一查还查出个重情重义的好男人。柯正华长期照顾病重卧床妻子的事迹在出租公司广为流传，加上他为人随和，更是落下了很多好口碑，加盟这家公司不到一年，光锦旗就收了三面。他对邢敏的到访和问话更是热情有加，口口声声要支持公安局工作，详细讲述了当晚遇到死者的经过和细节，还主动留下电话，表示将来公安局有事，自己随叫随到，弄得邢敏对自己将其列为嫌疑人的做法多少有些自责。不过，有了柯正华的陈述，程潇的活动轨迹更加清晰了。

为了让自己的陈述尽量客观，邢敏面无表情地介绍着：

“出租司机柯正华，男，40岁。于当晚10点13分送死者程潇回家，即刻开车离开。根据监控显示，程潇和一中年男人一同走进楼门。10点45分，男人匆匆离开，低头走出楼门，很显然是躲避监控。”

接着，投影定格在一个戴着棒球帽的黑衣人身上。

邢敏继续介绍：“黑衣人，身份不详，面目不清。当晚10点左右出现在楼门口，始终躲在阴影里。11点左右进了楼门。”

投影的下一个图像，清晰地显示着李阳的容貌。

“经死者妹妹程瑶辨认，此人就是其男友李阳，23岁，设计学院大三学生。夜里12点左右进入楼门，一点左右离开，离开时脚步慌张，神情紧张。”

介绍完基本情况，邢敏提出自己的疑问：“据程瑶讲，死者为其准备了五万元学习款，可现场并未发现。而约好一起取钱的李阳竟在深夜单独出现。我们有理由怀疑，李阳……”

会议室们突然被推开，内勤女民警慌张地走进来报告：“队长，有个血人，来，来自首。”

众民警禁不住哄堂大笑，纷纷议论她小时候动画片看多了。可是，20秒后，现场的人都笑不出来了，因为会议室门口，一个浑身是血的人傻乎乎地呆站着，不无讽刺地取笑着这些名义上的警界精英。

队长看看邢敏，意思挺明白——自己的案子自己上。邢敏当然知道自己不会那么好命，嫌疑人自己送上门来，指不定什么麻烦等着她呢。

来人真是已经失联两天的李阳。他仍是呆滞的，坐进问询室，眼神里空洞无物，像被电刑刺激了的动物，除了配合就是驯服。邢敏不忍再刺激他，只按常理进行着询问。

“李阳，我们的政策是坦白从宽，抗拒从严。你既然来自首了，只要能详细说明案情，我们会参考你的情况，报请检察院从轻发落。”

李阳呆呆地抬起头，眼睛木讷地转了转，忽然狂躁地叫起来：“我没杀人，我没杀人啊。”

梅硕有点儿慌乱，不由站起身，随着李阳的叫喊，质问着：“没杀人，你自什么首啊？你不是摆明了来捣乱吗？”

“血，好多好多血。我看见，我，我有病，真……有病。”

说着，李阳忽然翻着白眼倒在地上……

李阳被紧急送往医院急救。医生的诊断令邢敏万般为难。李阳身患罕见的嗜血性精神躁狂症，如遇血浆即精神躁狂，难以控制。

“小敏，我查了，看来是真有病。”梅硕小心擦拭着李阳额角渗出的汗珠，不无担忧地看着邢敏。

邢敏自然知道与疑似精神病的人纠缠在一起的结果，可她没有办法。程潇社会关系简单，个人资产孱弱。她没有理由将其被杀的理由定性为劫财或者劫色。这个莫名闯入的妹妹的男友是目前唯一的突破口。

“他身上的血验了吗？”

“我办事你还不放心，一得着就验了，没错，是程潇的。”

邢敏绝不相信案子这么简单就破了，刚想叮嘱梅硕两句。李阳突然大喊大叫着从床上挣扎着坐起来，对着邢敏大叫：“我没杀人，没杀人！”

邢敏、梅硕被吓得不约而同倒退一步。护士麻利地给了李阳扎了一针，李阳即刻昏睡过去。漂亮的女医生走过来，发表了权威的解释：

“很明显的躁郁型精神病。不过诱因我们还得进一步检查才能确定。”

梅硕显然被吓到了，急切地问：“真是见血就犯病啊？”

医生扶了扶眼镜：“当然有啊！天生嗜血，见血兴奋，不能自控，有点儿像——传说中的吸血鬼。”

梅硕的眼睛纯净得像没有经过初恋的少年：“啊？还真有啊？太可怕了！”

邢敏最受不了他这种见了女孩就控制不住假纯的样子：“行了，你跟这守着吧，我回队里了。”

梅硕顿觉上当：“唉，太不仗义了吧？我，我在这儿会疯的。”

“我来吧。”

邢敏抬头看到不知道什么时候已经站在眼前的老周，手里还抱着那个盒子，脸上是不卑不亢的表情。

2

老周早就知道李阳的症状，而那病态多于掩饰的表演根本就不在老周的视线之内。于是，在结束了口吐白沫、浑身痉挛、胡言乱语等自定程序后，李阳无奈地蜷缩起身体，看着面无表情地守着他的老周，问出经典的问题：“大叔，你想怎样？”

老周仍抱着盒子，盘腿坐在李阳旁边的床铺上，掏出根烟卷，贪婪地闻着，并不急于回答。李阳见对方没反应，四处看看，端起已经泡成一坨的面条，大嚼起来。

“知道饿了，那就是没事了，是吧？”

李阳迟疑着移动目光，看着老周，似是忘了嘴里的面条，任那些黏稠的汁液滴得满身满脸。

“行了，别装啦。该吃吃，该喝喝。聊会儿天，能把你怎样？是吧？”老周绽放出自己经典的笑容。

李阳伸长脖子，生咽下嘴里的面条，哆里哆嗦说出三个字：“可——我怕。”

“没啥可怕的，人又不是你杀的。”

“你信我？我没杀人，真没杀人。”

“我知道，你去时人已经死了。”

李阳拼命点头，嘴里喃喃自语：“血，好多血……”

老周随声附和着：“那么瘦的一个人，怎么弄出那么多血呢？”

“怎么不会？”

李阳脸上忽然露出正经的神情：

“正常情况下，一个人体内的总血量约为体重的8%左右。若体重为100斤，则血量为8斤。放在盆里，那也是满满一盆啊。”

李阳贪婪地咽了口吐沫。

老周趁机问：“这么说，这回你是过足了瘾了。”

李阳忽然把头摇成了拨浪鼓：“太整齐了，我不习惯，不习惯。我喜欢那种不规则的，印象派的，像……像梵·高的画……像爱情，像疯癫，我……”

“这么说你刚进屋时，屋里没有血，四处很干净？”老周打断李阳的疯狂，冷静地问。

李阳顿悟般四处看看，咽了一口唾液：“没有，什么都没有。只有白床单上摆着条红裙子。那颜色，真红啊，跟血似的。我一下就兴奋了……”

警队餐厅里，梅硕殷勤地给邢敏拨着炒面。

邢敏有些不耐烦：“哎呀，行了，我吃不下。”

梅硕据理力争：“吃不下也得吃，你都一天没正经吃东西了，吃不完不许睡觉。”

邢敏简直不能理解这个男人的脑子是如何组装的：

“睡觉？你觉得你还能睡觉？”

梅硕忽闪着无知的大眼睛，捂着自己的脸，不解地说：

“啊？不睡，不睡觉人家的脸……”

邢敏瞬间明白了，他们俩从来就没在一个层面上，可嘴上不免袒露出自己的真实想法：

“行了，行了，我懂了。你说你一个大老爷们，又不是那个，整天想的不是吃就是睡，也不考虑一下自己存在的价值。”

“我的价值就是照顾好你，完成老师的嘱托，看着你风风光光嫁出去。到那时，小生我也就……”

梅硕做了一个功成身退的表情，眼神深情地定格在邢敏的脸上。可惜，邢敏好像什么都没有看出来，仍然一本正经地替自己老爸不值。

“行了，少提我爸。我爸要是知道你五年没开发出一个程序，肯定气得从坟里蹦出来。”

“不能，不能。老师肯定在地底下偷着乐呢，没准还会给我托个梦……”

梅硕显然没有跟邢敏保持在一个频道，兀自进行着自己的想象。

“什么梦？”

梅硕学着老人的声音，自信地说：“小梅啊，你看要是再不行，你就以身相许吧？”

邢敏没想到自己屏息静气，瞪大眼睛等来的就是这么一句无厘头的玩笑，笑骂着赶走梅硕。梅硕成功诱敌深入，自是笑歪了身子，一抬眼看到老周抱着盒子，四处张望着，赶紧招呼：

“周老，周老……”

老周看到梅硕招呼，直愣愣地走过来：“看到队长没？”

梅硕见他上来就找领导，有些不快：“我说周老啊，您老都这么大岁数了，还走领导路线呢？别没事就找头儿，也把目光往我们这些中坚力量上看看。”

“我不是找队长，我找……”老周看了看邢敏，住了嘴。

邢敏翻了翻白眼，冷冷地说：“大爷，我说了那案子我负责到底。您老有什么想法，跟我说，队长管不了那么细。”

老周梗了梗脖子，索性坐下来。梅硕殷勤地递上筷子，却发现老周面前除了那个盒子，什么都没有：“呦，您吃点儿什么啊，我给您打去。”

老周不知道哪来的无名火，倔强地拉过邢敏和梅硕的炒面。

“不用，这个就行。”说着，旁若无人地往嘴里扒拉。梅硕惊得张大了嘴。邢敏静静地看着，没再说话。老周三下两下吃完了炒面，抻了张纸巾，边擦着嘴边看着对面的两个人，冷不丁冒出来一句话：“程潇卖淫。”

“啊？不能吧？”

“李阳说的？”

老周不置可否，抢过梅硕的茶杯，灌了两口热茶才幽幽地说：“程瑶没说实话。”

邢敏忍不住霍地站起来。她不能允许自己同情的泪水白流。老周一把拉住她。

“干嘛？找人家算账去啊？坐下。”

邢敏下意识地坐下。她还是第一次听到老周略含威严的语调。

“又不是什么长脸的事，没人愿意张扬！咱们办案有时候也该适当地为人家想想。”

“可是，她隐瞒这么重要的信息，她……”

“现在还说那些有用吗？我还是那个意见——并案。”

见老周和邢敏相持不下，梅硕挺身而出：“光靠这个就并案，您老太……”

“李阳说那天程潇的门没锁，推门他就看见了那条红裙子。”

红裙子，又是红裙子。邢敏当然知道，老周关注的每一起案件中都有一条红裙子。可仅凭这简单的颜色，就将案件串联，似乎太过牵强。再说，红裙子和红裙子可不一样。老周接触的第一起案件的红裙子是一条礼服裙，只有结婚的新人才会穿。而后来的红裙子，长的、短的，薄的、厚的，中式、西式，各不相同。便宜的可能超不过百元，贵的也有成千上万的。昨天在程潇现场发现的就是条香奈尔限量版，价格绝对不菲。以程潇的经济状况绝对不会觊觎这个牌子，除非有人赠送。

“李阳看到什么人了？”邢敏激动地说。

“有就好了。他只看到了被放空血的程潇的尸体。”老周目光幽幽，陷入回忆。

3

李阳根本不像程瑶描述的那样单纯、善良。那是一个依靠漂亮脸蛋寻求美好生活的男人。他之所以能够成为程瑶的男朋友，完全是因为她有一个无条件满足她所有要求的姐姐。而这位亲爱的“姐姐”更是李阳唾手可得的摇钱树。

早在程瑶不知道的某一天，李阳发现了程潇的秘密——为了给妹妹一个体面的生活，她通过手机微信偷偷卖淫。李阳没有声张，而是用自己的专业知识起了推波助澜的作用。从此，二人成了一条线上的蚂蚱，而程潇为了保留自己的体面，不得不委身于这个比自己小十岁的男人。

那天夜里，李阳放了程瑶鸽子，想独享与程潇的快乐生活后，拿钱走人，正式跟程瑶分手。所以，他故意关了手机，一个人独自来到程潇家。

推开虚掩的房门，李阳故意淫荡地叫着“姐姐”。屋里没人，暧昧的灯光很容易让人产生遐想。李阳迟疑了一下，担心自己影响了程潇的“生意”。可想到未上锁的大门，他又放心了，将一切理解为程潇为讨好自己特意准备的。年轻人就是这样自信。当看到白床单上，那条整齐地铺摆着的红裙子的时候，他就更加相信，程潇是在勾引自己。他早告诉过程潇，红色是他最无法抗拒的颜色。此时，他便无力自持，一把抓起裙子，放在鼻子底下，贪婪地闻着……

“姐姐，你怎么能……啊……受不了了，姐姐，你在哪儿？”

李阳这才发现，狭小的空间里，根本未见程潇的影子。他扔下裙子，向卫生间的方向望去。卫生间的门半开着，缓慢的滴水声在静谧的夜里被无限放大着。

“姐姐，你是想换个地方？”李阳完全沉浸在意淫中，猥琐地踢开卫生间的门。

卫生间的灯早就有毛病，充足的电能顽强地冲击着难承重荷的光源。忽明忽暗的闪烁中，一个黑乎乎的物体迎面扑来，李阳吓得一屁股坐在地上。这时，他发现地上湿乎乎的，低头一看，自己竟坐在一片血红中。离他不足半尺的白色瓷盆里，盛满了殷红的血浆。随着一滴液体滴落产生的微澜，李阳下意识抬起头，程潇被血水染红的脸几乎迎面撞过来。李阳怪叫一声，重新跌坐在地。鲜血的腥气瞬间刺激了他，那本能的惊恐，立即变成了难以抑制的兴奋，他颤抖着支撑起身体，轻声呻吟着，扑向面前的血水盆……

邢敏完全能够想象李阳造就的血腥、迷乱的场景。他的疯癫，彻底破坏了现场。按照他的回忆，凶手留下的是一个整洁、规矩的现场。其对红裙子一丝不苟的折叠，对血液集中收集等行为方式都证明，这是一个做事一丝不苟，拒绝随意、凌乱的人。

邢敏窝在转椅里，看着已经被梅硕收拾得干干净净的办公桌，脑子里频繁闪现着一个男人在程潇家收拾打扫的情景。不知为什么，她的想象中，那个男人是边吹口哨边折好那条红裙子的。

梅硕吹着口哨走进办公室，惊得邢敏一哆嗦，恍如隔世般看着他。

“梅硕，你网上约过炮吗？”

“说什么呢，你，你把我当什么了？”

邢敏也觉得自己过分了，赶紧解释。她的意思是，既然程潇的客户都是网上约来的。那以凶手的心理特征和行为习性看，他不可能跟程潇只有一次接触。那程潇的微信上必有痕迹。她想让梅硕以男人的思维在程潇的微信上寻找线索。

“那你直接让我查程潇的手机不就完了，干吗那么问？”

“我表达有误，对不起还不行吗？”

“你这样是侮辱人，知道吗？”

“你有完没完？”

“完了。”

梅硕噘着嘴，把一打材料扔给邢敏。邢敏扫了两眼，立即眉开眼笑。梅硕不愧是计算机系的高才生，更是邢敏肚子里的蛔虫。用不着邢敏吩咐，他早就提前一步攻克了程潇的所有社交账号，并从中挑出最有用的一个，化名为风荷的寄语的公众号，让邢敏重点关注。

那是一个无论画风还是文字都十分文艺的公众号，文章都不长，却字字包含了作者对故乡、青春的美好回忆，字里行间流露着人在异乡为异客的孤独和漂泊感。每篇文章的结尾，都会有一小段对真爱的呼唤。如果不往评论区看，谁也不会把它和卖淫结合到一起。

“这才叫高级邀约。”梅硕对自己的发现不无得意。

“你是说，程潇卖淫都靠这个？”

“所以说人家玩得隐蔽。李阳说了，这都是他的功劳。”

“这就是他能长期占有程潇的一个原因？”

“嗯。李阳为程潇想了这个主意，结束了她打野食的生意模式，也满足了程潇文艺女青年的需求。对了，老周说李阳的供词，证实了你的推论。程潇有文化，爱读书，是个文艺女青年。”

“那还等什么啊。赶紧，查。”

“不是，我，这时间到了，我的子午觉。”

“滚你的子午觉，我回来之前，拿出嫌疑人名单来。”

邢敏可不能给梅硕半点喘息的时机，否则他更跟不上自己的节奏了。提高梅硕工作效率的最佳方式是把他一个人扔在办公室里。邢敏知道，明天早上，梅硕就能给自己变出一份可以推动下一步侦破的名单。这就是他最大的价值。至于她自己，当然也不能闲着，她要去复勘现场。这是她的工作习惯。她相信，现场永远是警察获得最佳灵感的地方。

4

与所有凶宅一样，因血案的发生，程潇租住的地下室散发着一股阴森恐怖的气息，连楼道的灯都似乎受到影响，显得异常昏暗。邢敏轻轻推开门，借着楼道的亮光，找到房间灯源开关，可灯没有亮。显然是房东自认晦气，掐断了一切维持房产运营的能源。邢敏无奈，只能打开手机上的手电。在狭小的光柱下，她仍能看到墙上、地上已经发黑的血渍。淡淡的血腥味混杂着地下室特有的味道，直冲脑门。邢敏有些慌神。她其实不是个胆大的女人，可她要求自己做一个胆大的女人。谁让她是警察呢？这是她一切行动的动力。她不知道男民警在这种情况下是不是也会有如自己一样的恐惧，她只知道自己要战胜恐惧，起码别自己吓唬自己。她变换手机角度，尽量让光柱变得绵长，最好能从屋门口照到床沿儿。这样，她就能在光照中，想象程潇生命中最后的几个小时——

墙上的钟指向10点45分，程潇和中年男人搂抱着进入屋内。他们短暂温存后，直奔主题。15分钟后，男人匆匆离开。程潇摆弄着男人送她的礼物——红裙子，有些爱不释手。她看看墙上的钟，终是忍不住，将它穿在身上。镜子里，程潇妩媚动人，面带娇羞。短暂喜悦后，她恋恋不舍地换下红裙子，套上自己的睡裙，坐在床边，看着墙上的钟，等待下一位“恩客”。不一会儿，门铃响了。程潇走到门口，在门镜中张望了一下，就开了门，然后独自走回床上，背对着来人开始脱衣服。来人关好门，扑向程潇……

邢敏的想象忽然中断了。她发现自己遗漏了一个细节——那件睡裙。现场勘查显示，除了那条红裙子，现场没有发现程潇脱下来的衣服，无论是外衣还是睡衣，一件没有。而柯振华证实，邢敏是穿着大堂服务员的衣服上的出租车。程潇的衣服被凶手带走了。邢敏不能不承认，老周早于自己看清了这一点。拿走自己的战利品——这是连环杀手最基本的特征。邢敏的想象继续着。

程潇故意迎合着来人的情欲，可那人自己败下阵来。他暴躁着，看到那条被程潇搭在椅背上的红裙子。鲜红的颜色刺激了他，他再次扑向程潇……程潇闭着眼睛忍受着蹂躏。忽然，她感觉到不对，猛地睁开眼睛。这时，一双大手已经死死地掐住了她的喉咙。她拼命挣扎，无助的四肢弄乱了床上、桌上的东西。没过多久，她就不再动了。她的眼睛睁得大大地看着天花板，似乎在问来人，这是为什么。那人显然又被刺激了。他粗鲁地合上程潇永难瞑目的眼睛，动手扒光她的衣服，抱着那雪白的胴体，喘息着、颤抖着陷入癫狂。可他还是没有成功。短暂休憩后，他把程潇的尸体抱到了厕所，像杀鸡一样，割断了程潇的颈动脉。血液喷出，溅得到处都是，引起了他的不爽。他索性将尸体倒挂在水管上，让不断流出的血液集中在底下的白色瓷盆里。这时，他才满意地清理自己手上、脸上的血迹，关上厕所的门，若无其事、认认真真地打扫起房间来……

不知不觉，邢敏已经走到卫生间。血腥味儿更浓了。她感到自己的汗毛不可抑制地竖了起来。她尽量让意识集中在思考上，以抵御那令她羞耻的恐惧。

验尸报告上明确写明，程潇死前没有任何性行为的痕迹。如果凶手是她的一名常客，那此人定是性功能障碍患者。新的设想令邢敏眼前一亮，她兴奋地忘了，不久前自己的头顶位置，还悬挂着一具浑身渗血的女尸。

门，在这时候开了。楼道的灯光把一个变形的人影投进黑暗里。

邢敏赶紧关了手机的电筒，侧身藏到厕所门边。黑影渐渐缩短，轻巧地关了房门，消失在黑暗里。四周静极了，邢敏的眼睛慢慢适应了黑暗，趁着微弱的月光，看到黑影在屋中央静静地站了一会，径直向阳台门走去。忽然，他停住了，脚尖转向卫生间的方向。未及邢敏反应，黑影顺势往地上一滚，已经来到邢敏的脚旁。邢敏不顾一切地扑上去，与黑影在黑暗中扭打起来。邢敏招招制敌，渐占上风，反身一跃，将黑影压在身下。借着月光，邢敏发现黑影竟是老周。

邢敏的惊呼被老周捂在嘴里。随着他的示意，邢敏发现了阳台上的另一个黑影。两人默契散开，守在阳台门两侧，等着黑影进入他们的伏击圈。黑影的动作有点些迟缓，阳台门的把手被转了又转，始终没有打开。

忽然，邢敏的手机响了。黑影立即警觉，敏捷地蹿上半人高的围栏，从换气窗跑了出去。邢敏拉开阳台门，紧随其后，利落地追了过去。老周试了试围栏的高度，自知腿脚不灵，只能借着旁边的凳子，爬上围栏，费劲地钻出换气窗。外边竟别有一番天地。老周知道这就是著名的城中村。在这监控拍不到的地方，才会有罪恶的开始或结束。

邢敏紧追不舍，终于把黑影堵在了一个死胡同。与此同时，她发现对方是一个比自己的体积大两倍的壮汉。狭路相逢勇者胜，邢敏咬了咬牙，握紧拳头，摆开阵势。这时，壮汉也发现自己的对手是一个瘦小的女人，立刻放松了警惕，山一样扑了过来。纵使邢敏步伐灵敏，怎奈地域有限，她使出浑身气力打出的拳头，落在壮汉厚实的身躯上，也弱如猫抓。三两个回合下来，邢敏已无招架之力，被壮汉卡着脖子，按在墙上。邢敏挣扎着，想要反击，可壮汉渐渐增加了力度，邢敏的双脚已经离开地面，窒息中，她的任何挣扎都显得徒劳无益，慌乱中，她大脑一片空白，四肢酸软地垂了下来……

5

邢敏把自己关在女厕所里，挡住了梅硕小题大做的关心，也挡住了男人们不无讽刺的目光和调侃。她知道，用不着上班点名，女探长邢敏抢功逞能，独自抓捕嫌疑人，险些被掐死的事迹就会传遍整个警局。自己这回是糗大了！

揉着还有些隐约异样的脖子，邢敏回想着老周及时赶到时的英勇，那潇洒地打晕壮汉救了自己的凌空一棒。要是没有老周，这回她肯定挂了。那个壮汉刚刚吸了粉儿，根本不知道自己在干什么。“挂机”的事儿，邢敏不是没想过。有时候，她甚至有些向往在英勇中结束所有的疲累。可那样就能证明自己吗？就能消除父亲心心念念一辈子到死都不能释怀的遗憾吗？邢敏不知道。她只知道自尊、要强，说到底就是她此生的宿命。

邢敏用冷水洗了脸，也洗去了惊恐和不安。她要若无其事、面无表情地重新回到那些男人们中间，让他们空洞的调侃再无生发的空间。

悄默声走出卫生间，穿过还没什么人的楼道，邢敏走向临时滞留室，远远就看到老周和梅硕在门外争执着。

“反正您不能就这么走了。”

“不是。”

“不是您就不问啦？您不能让小敏自己问吧？再说了，没问呢，你怎么就知道不是啊。”

“小梅，人家周老有自己的事呢。走，该干吗干吗去。”

邢敏看都没看老周，拉着梅硕就进了滞留室。

屋里，壮汉低垂着头，睡得鼾声雷动。梅硕故意咳了一声，见对方仍没有反应，使劲拍了一下桌子。壮汉这才迷糊地抬起头，努力睁开眼睛，看到对面的警徽，大梦初醒似的叫起来。

“哎哟，政府，我错了，我错了，再也不敢了，不敢了。”

“别啊，你不是挺能跑的吗？接着跑啊？”

“误会，大姐，真是，这是个误会。”壮汉声如洪钟，在空旷的屋子里形成阵阵回声。

“谁是你大姐，别没大没小的。”梅硕厉声呵斥着，终于用自己雄性的声音阻断了那阵声音的余波。

“对，对，不是大姐，阿，阿姨，阿姨。”壮汉小心地看着对面的女警察。

“说，为什么跑？”邢敏的声音不大，却冰冷入骨。壮汉下意识正了正身子，扭捏回应着。

“我，我以为撞见鬼了呢……”

“鬼？什么鬼？”

“女鬼啊。”

“这么说你知道程潇遇害了？”

“当然知道，这小区里都传开了。我们又是邻居，平日里，少不了互相照应……”

原来，壮汉就住在程潇家隔壁，名叫朱大成，平日游手好闲，专爱打听邻居的秘密。程潇家频繁变换的男客自然逃不过他的眼睛。为掩人耳目，程潇不得不委身于他。为了进出方便，朱大成还在阳台上的临时隔断上动了手脚，那扇看似镶死的门板，就是他来去的暗门。

那天傍晚，朱大成百无聊赖，想去程潇家觅食。食物共享也是他所谓邻里照顾的一项内容。谁知，刚到阳台上，他就看到本该在餐馆上班的程潇，抱着一沓钱坐在沙发上，神情慌张。他赶紧一矮身，躲到暗处，偷偷观察。程潇先是打电话让程瑶十点以后来取钱，接着又给程瑶的男朋友打电话，让他跟程瑶说自己不需要那笔钱了，她会用其他的方式来满足他。做完这些，程潇似乎镇定了许多。她搬了把椅子，将钱藏到天花板下的暗格里，才重新补妆打扮，端坐在床上，似乎在等什么人。

朱大成好久没见过那么多钱了，瞬间觉得如此飞来横财，不窃为己有就对不起自己。只是，他可不愿弄僵了与程潇的关系。思来想去，他决定等程潇出门后，再据为己有。想到即将到来的富裕日子，他心情大好，放纵地犒劳了自己一下。谁想，酒喝多了，一觉睡到大天亮，还做着梦，就被警笛声吵醒。看到程潇家忙进忙出的警察，他还以为有人捷足先登了。再一打听才知道，昨天还好好的程潇居然做了冤死鬼。朱大成觉得一切都是天意，才决定在警察撤走后的夜晚，再次潜入现场，想心安理得占据那笔不义之财。

邢敏、梅硕立即带着朱大成重返现场，可是天花板的暗格里空无一物。对此，朱大成的唯一解释是——有人和他一样知道这笔钱的存在。

往回走的路上，邢敏多少有些沮丧，可又难免庆幸。现有证据表明，这起案件因财而起，跟老周追踪的那些事没有关系。她可以恭恭敬敬地送大爷离开了。

值班室的长沙发上，老周裹着警用大衣，睡得正香，花白的头发包裹着一张满是沟壑的脸，让人看着心疼。邢敏有些不忍，可又想他能早日结束这种煎熬，轻声咳了一下，坐到对面的椅子上。老周听到有人进来，赶紧坐了起来。

“唉，年纪大了，就是没你们年轻人的精气神了。”

“您老还是住招待所吧，这样……时间长了不是事。”

“招待所？一晚上180元？你给我报啊？”

“省厅不给您差旅费？”

“我这个啊，算是半个人行为，领导能让我干下去就不错了，差旅费？我可不敢想。”

“就为这个案子，您老何苦呢？”

“呵呵，人老了就任性。”

“我觉得您还是别在这儿耽误时间了。这个案子跟您找的凶手没关系。”

“丫头，断案可不能这么轻率啊。”

邢敏把一沓审讯记录放在桌上，详细介绍了对朱大成的审讯情况，明确提出凶手图财杀人的犯罪动机。

“你的一切判断都基于那失踪的五万块钱？”老周一脸严肃。

“难不成我把她所有的嫖客都抓回来问一遍？”

“为什么不呢？现在条件好，我当时……”

梅硕忽然一脸兴奋跑进来：“程潇工作的餐馆老板报案，保险柜里的五万块钱不见了，都是新从银行取的，还连着号呢。”

“看，周老，都跟着钱有关。找着钱，人就不远了。”

第三章　跳不出俗套的男人

1

邢敏嘴上抗拒着老周的提示，行动上一点儿没放松对那些疑似嫖客的追踪。她怀疑自己被朱大成误导了，相信真有那么个图色更贪财的人。只是网络联系本就是雾里看花、水中捞月，总不能凭借几句暧昧的回复就将人抓来问话，更何况要将那些虚拟的网名都落实到活生生的“张三李四”头上，光靠梅硕一人进展太慢，恐会贻误案件最佳侦破时间。好在朱大成立功心切，主动提供了另一条线索。这次，疑点再次指向监控录像上那个神秘的黑衣人。

当初老周一眼就点出此人可疑。可是，因为录像里该人有进无出，邢敏以为那是楼里的一个住户，第二天换装出来，谁也无法认定，并没有跟进。如今，朱大成明确指出录像里那个戴棒球帽的黑衣人曾误敲了他的门。二人虽打了照面，可惜朱大成醉眼昏花，根本没看清对方长相，只记得那人身材矮小，神色慌张，被自己喝退后，径直往楼上跑去。为此，邢敏大胆推断，黑衣人为钱而来，只是误把朱大成家当成了程潇家。再次确定地址后，黑衣人入室寻财，被程潇发现才杀人跑路……

“那他有必要把现场弄得那么有仪式感吗？”听了邢敏的汇报，队长马上提出质疑，“还有这个人是怎么离开的？为什么监控里没显示？”

“那天我们追踪朱大成时已经找到答案了。他肯定是杀人后从阳台上的换气窗钻出，顺着没有监控的城中村，逃离现场的。”邢敏胸有成竹。

“那你能解释一下，何以一个连门牌号都能搞错的人，能把现场收拾得那么有条不紊吗？”

老周的问题才是邢敏的症结。她心里又何尝不知，这个所谓的嫌疑人离自己给凶手的画像实在差之千里。梅硕的出现，暂时替邢敏解了围。听了他的耳语，邢敏立即来了精神，声音也不由自主提高了几度：“那笔连号的人民币出现了。银行已经稳住了存款人。队长，我请求带队抓捕。”

邢敏、梅硕无奈地看着面前的中年妇女。这就是他们抓回来的嫌疑人——那个到银行存储连号人民币的人。

“你们凭什么把我带到这儿来啊？你们知道我是谁啊？好，不说话是吧，我这就给老高打电话，我让你们吃不了兜着走。”中年妇女开始四处寻找，“嗨，我包呢？我，我手机呢？不敢给我是吧？你们什么态度，我要告你们，我要报警，我要打110。”

梅硕实在忍无可忍，高声提醒：“大婶，这儿就是110，您能不能拎拎清啊。”

“啊？我没什么拎不清的，赶紧，快把东西还我，我还得回家给我们老高做饭呢。”

邢敏对这种动不动就拿自己老公说事的官太太腻歪透了，心里也渐渐失去了跟她纠缠的耐心。事实明摆着，这个马上就要撒泼打滚的大婶弄不出那么血腥而缜密的现场。她不禁打断了梅硕的问话，直奔主题，提出问题。

“那您也得先说清楚那钱是怎么来的吧？”

“钱，什么钱？”

“就是你到银行存的钱。”

“那，那是我们家的钱啊，我们，我们俩的工资，我们自己攒的钱。”

“现在我们有充分理由怀疑那笔钱与一起案件有关，希望您配合。”

“配合？案件？我，我，我要见律师，我有权保持沉默。我，哎呀，我，我心脏，心脏病犯了。我不行了，不行了……”

中年妇女忽然捂着胸口，脸上的表情极其痛苦。邢敏早料到她会来这一手，马上夸张地说：“哎呀，心脏病啊。梅硕，赶紧，去把咱法医找来，他刚解剖的那尸体兜里不是有一瓶速效救心丸吗？赶紧先给大婶吃下去，救命要紧。”

“哎，得嘞。”梅硕领悟力极强，赶紧高声应着。

没等他站起身，中年妇女瞬间恢复了正常：“我没事，好了，不用吃药，不用。你们赶紧给我们家老高打电话就行了。”

邢敏、梅硕互相对视一眼，还没来得及享受一下他们无聊的小把戏产生的效果，一个民警进来了，趴在邢敏耳边说了两句话。邢敏的脸色立刻不好了。她让梅硕继续跟中年妇女周旋，自己气鼓鼓地离开了问询室。

这个时候队长有请肯定没好事，邢敏明白。可她没想到这么快就见到大婶心心念念的老高——财政局的高局长。春风满面，大背头梳得锃亮的高局长，高高地跷着二郎腿，斜眼看着推门而入的邢敏。

“懂不懂规矩，也不敲门？”队长狐假虎威地挑她没敲门的毛病。

邢敏并不争辩，扭身回头，重新敲门进来。高局长对队长的卑微十分受用，用大领导的风度和平易近人招呼邢敏落座。邢敏并不领情，支棱着脖子，直挺挺地站在两位领导面前。

“就是这个小丫头把我老婆抓起来了？”高局长的语调不高，却威力重重。

“哎呀，您言重了，怎么能说抓呢，了解情况，了解情况而已。”队长赶紧解释。

“现在了解完了？我们可以走了吗？”

“当然，当然。”

邢敏好不识趣地打断了队长的话：“恐怕还不行。”

高局长的眼睛终于没有风度地翻了上来：“噢？这么说我们这回是摊上事了？”

“对，而且是摊上大事了。按照刑事诉讼法的规定，您的夫人涉嫌一起故意杀人案，如果不能配合我们工作的话，我们将对其采取强制措施。”

“什么？故意杀人？笑话，我老婆平时连条鱼都不敢杀，还杀人？”

队长没想到邢敏办事这么愣，赶紧撇清自己的责任：“邢敏，你要对自己说的话负全责。”

“死者程潇被杀前偷了店里的钱藏在家里。我们在现场并没有找到那笔钱。凑巧的是，您夫人今天下午拿着这笔钱出现在银行里。局长，我们需要一个解释。”

高局长的脸色一下变了，把头扭向一边，故作镇静：“小同志，说话得有证据。”

“队长，您让请的出租车司机，我给请来了。您看咱在哪儿认人？”老周不早不晚，笑呵呵地出现在队长办公室门口。

高局长立即像被施了魔法一般，下意识地站起身。队长一脸惊异，看看邢敏，又看看老周，瞬间明白其中缘由，继续放低身段，几乎是哀求着跟高局长说：“高局长，您看，您来都来了，不如彻底把事情说清楚，省得他们年轻人嘴上无毛地到处乱说。”

2

高局长就这样被请进了问询室。邢敏则在监控室里再次见到了出租车司机柯正华。梅硕虽是第一次见，但早听邢敏念叨过这个新时代的好男人，不由多看了两眼。

柯正华50岁上下的年纪，虽是典型的出租车司机打扮——短夹克、休闲裤，脚蹬一双运动鞋，但衣服、鞋子都异常整洁，妥帖合身地照应着其主人的身份。他的眼睛很亮，放着和善的光，见到邢敏，立即客气地站起身，还伸出双手主动跟她握手。邢敏最不喜欢跟人握手，尤其是男人。可不知怎么的，面对那双真诚的眼睛，她不由自主伸出右手。柯正华的大手温热、有力，短暂接触爆发出的握力，让邢敏感到这是一个强壮的男人。

“不好意思，又耽误您生意。”邢敏客气着。

“这有什么啊，都是我们公民该做的。以后有什么事尽管找我。”说着，柯正华戴上老花镜，煞有介事地跟梅硕看起监控视频。屏幕里，高局长趾高气扬地坐着，对面是一脸赔笑的队长和满脸木讷的老周。

“没错。就是他，跟那个女的，俩人在我车上腻腻歪歪老半天，明眼人一看就知道是怎么回事。”

有了柯正华的证词，邢敏心里更有底了。她真诚地望向柯正华，想要表示感谢，却发现柯正华正在看着她，脸上挂着莫名的微笑。邢敏心中一凛，下意识地点点头，匆匆离开监控室。

“嘿，师傅，您这儿签个字。”柯正华的目光一直跟随邢敏的身影消失，梅硕不得不摇晃着手里的辨认材料，提醒他还有另一个警察的存在。

“哎哟，您看看，这岁数大了，干什么都走神。”柯正华自责着，按照梅硕的指点签上字，“你们邢警官有30岁吗？真是年轻有为啊。”

“孩儿他妈了，别惦记了。”梅硕也不知道自己为什么，居然跟老百姓冒出这么一句话。

“哟，警官，您这是开玩笑吧。我，我没别的意思。”

“我也没别的意思，就觉得您打听得有点儿多。”

“我，我……”柯正华被梅硕噎得喘了好几口气，才找到一句话，“你们问我那么多问题，我可都如实、认真、仔细地回答了。怎么我随口问一句客气话就不行呢？”

“哟，对不住啊。我这也是随口一说，您别在意啊。”梅硕知道自己碰上了较劲的人，赶紧认真对待，“只是邢警官的个人情况，我真不便于跟您透露，请您谅解。”

“这态度还差不多。我也是觉得邢警官面善，这不自觉的就……”柯正华也恢复了平和，点头离开。

梅硕暗自松了口气，庆幸自己反应快，没有粘上这种矫情的人。可他不由对这个比自己还“处女座”的人产生了兴趣，悄悄跟着柯正华来到停车场。只见他打开车门，并不急于离开，而是用车掸子将车从里到外清理了一遍，才整理了衣衫安然上车。整个过程，流畅而有仪式感，一点儿不像出租车司机，倒像个豪华贵族家的专职管家或者私人司机。

梅硕不禁好奇，这个人的家里会是个什么样子。这时，手机上闪现邢敏的夺命连环电话。梅硕不得不暂时忽略自己刨根问底的小嗜好，按照邢敏的吩咐去食堂陪她补充能量。

与高局长的较量摆明了是一场硬仗。邢敏没有急于开始，而是先到食堂打了满满一盆炒饭，然后急招梅硕，想在他的调侃下，化食量为动力。

梅硕来是来了，可坐在一旁喝着奶茶，一副欲言又止的样子，别说促进食欲了，不造成肠梗阻就不错了。邢敏实在受不了他那张憋屈的脸，只能主动出击找茬：

“有话说，有屁放。”

“要不我跟老周问得了。”

“我再说一遍，咱们的案子跟老周那些事没关系。”

“我是怕你搂不住火。”

“有什么啊！不就衣冠禽兽吗？咱见多了，到处都是。”

“你看你，还没开始呢就这情绪，要真……”

“放心，我知道。我这不是先跟你发泄完了，再准备投入战斗吗？”

“嘿，合着你把我当马桶了你……”

邢敏终于笑了，露出一对小虎牙。其实，她长得清秀可人，笑起来更是甜美如怡。只是，她轻易不会露出自己的笑容。她觉得女人笑多了会让人误解，更会削减自己的斗志。她就是这样紧绷着浑身的每一根神经，生活在自己打造的牢笼中。时间长了，她自己习惯了。同事们更不会去触碰她无形的铁面罩。只有梅硕死皮赖脸在她的世界里随意穿行，哪怕充当小丑的角色也毫无怨言。就像现在，他很快就捕捉到她情绪的焦点，发自内心地想为她分忧。只是，他还不知道，有些事躲是躲不过的。而她想从他那里寻求的，更多的是精神上的放松。

梅硕不是邢敏肚子里的蛔虫，当然不知道她是怎么想的。他只是根据以往的经验和对邢敏从小到大的了解分析，对那个高局长，邢敏绝对不会有好脸色，弄不好又会惹祸上身。可他又没有理由阻拦这次问话，只能把老周抬出来。邢敏虽然不依，但有这位省厅专家在场，怎么也会想到收敛自己的情绪和锋芒。可谁想到，邢敏宁愿让他这个毫无经验的“搭子”给自己当助手，也不愿与老周同框。梅硕自诩了解邢敏，可女人心海底针啊。他有时候真搞不懂，这个好强到极致的女人究竟想要什么。

3

吃饱喝足，邢敏和梅硕坐到了高局长对面。桌上，队长特意为领导准备的吉野家套餐已经凉透了。高局长依然器宇轩昂，高抬着自己尊贵的头颅，口若悬河地讲着自己的丰功伟绩和只手遮天的能量。陪在一边的小民警强睁着睡眼，机械地应付着。见到邢敏和梅硕，好像解放军见到了老区人民，欢快地蹦起来迎接。

“哎哟，姐，你老可来了。”

“小王，你怎么不给领导热热饭啊，这凉的怎么吃啊。”邢敏随口说着，接过了自己煮的烫山芋。

“呦，小丫头片子，终于出现了？我这等你半天了。少废话，说，凭什么羁押我？证据呢？律师呢？你们这叫私设公堂，污蔑国家干部。你就不怕吃不了兜着走？”见到邢敏，高局长压抑的愤怒瞬间爆发。

邢敏并不着急，等他的发泄告一段落，才将一张模糊的照片放到他的面前。那是程潇和他的合影，有些模糊，但依稀可辨。

“这是死者被杀那个晚上，餐厅经理无意中拍到的。几个小时后，程潇死在自己的出租房里。细节，我就不说了。”

高局长拿起照片，远远看着，有点儿不忍直视的感觉。

“这，这不是小程吗？认识，认识。没错，是我。我们——嗨，误会，都是误会。”

照片平复了领导的情绪。高局长指着照片，换了一副怜惜的表情，开始讲一个老掉牙的故事。按他的说法，他和程潇相识于某次用餐。简单接触中，他认为程潇是一名工作努力、为人诚恳的好同志，应该获得更多的机会。所以，他经常带着朋友到程潇任职的店里用餐，还为她介绍了一些客户。时间长了，两人就熟悉了。程潇感念他的恩德，每次总会在自己的职权范围内，给他最高的餐饮折扣。谁知，上个月的某一天，程潇忽然满脸难色向他借钱。高局长怜香惜玉，认为女孩子不是到了万不得已，不会轻易向人开口，义不容辞地拿出五万元私房钱资助她。

“当初借的时候，就没想着她能还。谁想她……嗨，真是个讲信用的好姑……好同志啊。”高局长惋惜得几乎落下泪来。

“这么说，当晚程潇和您见面，是为了还钱？”

“没错，她就是还我钱。不是你们想的那样。”

“我们想的那样啊？”

听到这儿，邢敏莫名地激动起来，声音忽然高了八度。不仅高局长，梅硕都吓了一跳。

“嘿，你个小丫头片子，问话就问话，你嚷嚷什么啊？干吗啊？诈我啊！告你啊，你还嫩了点儿……换人，换人。队长，队长呢，给我出来，出来……”

局面就这样凌乱了。邢敏像被点着的爆竹，瞬间爆炸，与早就窝了一肚子火气，此时经过化学反应，转化成霸气的高局长的气场产生了剧烈地碰撞。梅硕惊慌失措，左按右压，毫无效果。两人几乎对骂起来的时候，幸好老周及时出现了，否则后果不堪设想。梅硕不仗义地将老周留在审讯室收拾残局，自己拽着邢敏一直跑到警队后院的水池边才停住脚步。

“干吗啊？至于吗？想不想干了，啊！”好脾气的梅硕，被刺激得哇哇大叫着，“不就是个道貌岸然的老嫖客吗？他说他的，你听你的，至于吗？你不会是又……”

梅硕忽然住了口。他看到邢敏的眼睛变得异常明亮，那是不断上涌的泪水，放大了瞳孔边上那唯一的一点亮光的结果。邢敏哭了。这百年不遇的情景，吓坏了梅硕。

“不，不是，这怎么了？你，多少年了，不说好了，不提了吗？”

梅硕的话终于让邢敏隐忍半天的泪珠落了下来，她颤抖着、抽泣着，呜咽着：

“谁说我就不能哭，我为什么就不能哭？我……”邢敏放纵地、无声地大哭起来。

是的，事情过去十年了，她也答应梅硕，答应自己，往事不会再提。可那心底的伤疤，哪是那么容易消除的？没错，她又想起来了，她又被那个永远不能磨灭的伤口弄疼了，她又回到那个永生难忘的雨夜——

十年前，邢敏还是一个相信爱情、梦想新婚生活的小女生。在派出所当内勤的她，认为自己是世界上最幸福的女孩。还没毕业，她就在实习的时候遇到了自己的白马王子。对方高大英俊、风流倜傥，是所有女生的爱慕对象。可人家偏偏就选中了她，还说她拥有别的女孩没有的气质。邢敏将其理解为温柔凝聚的坚强，这是她最引以为豪的。她以为，自己遇到了真正懂她、爱她、敬她、怜她的真命天子。一毕业，她就迫不及待将男友带到家里，还让在警院当领导的爸爸帮他联系在职出国进修的事。男友聪明刻苦，很快通过各项考试，拿下了出国学习的通行证。他们的感情也在甜蜜的浇灌中，即将收获婚姻的蜜果。

偏偏这个节骨眼儿，邢敏被派到郊区参加专项工作。分离，折磨着热恋中的情人。邢敏每时每刻都在思念着自己的未婚夫。而且她相信，对方一定也在这种煎熬中等待着她的归期。

那是一个风雨欲来的夜晚。由于天气恶劣，总部的补给车辆半路抛锚，只能从郊区基地单独派车接回相关物资。邢敏听说，有车进城，而且能在城里待足整整12个小时，就不顾一切地争取了这个机会。不是她搞特殊，实在是她有特殊原因。再过两天，就是男友的生日，她要给他一个惊喜，亲自给他送去早就准备好的生日礼物——最新款的诺基亚手机。

路上，雨真大啊。疯狂摆动的雨刷器几乎成了摆设。他们不得不走走停停，半夜时分才进了城。同事可怜她一份心意，将她放在离家最近的巷口。雨还在下，邢敏小心地把手机盒子护在胸前，冲进大雨里。

穿过一条狭窄的小巷，就是他们温馨甜蜜的小家了。她在心里想象着男友看到自己的表情，跑到院里的时候，才发现自己浑身都湿透了。夜已深，院里更是静得瘆人。只有唰唰的雨声和被放大了无数倍的砰砰的心跳声。在莫名的紧张中，她终于感到一丝寒意。可看到零星的灯光从各家住户的小窗里透出来，她又体会到阵阵温暖。灯光照亮了邢敏兴奋的挂满雨水的脸。她继续小跑着，来到一户黑着灯的住家门前。

这就是他们未来的家。邢敏不由自主露出笑容，想象着即将拥有的甜蜜的拥抱，轻轻打开了房门。屋里漆黑一片，她摸索着按亮了台灯。这是一个狭小的开间，桌子和屏风将布局分成两个区域。那是邢敏的设计。她说自己不需要多大的房子，但房间里的陈设一定要别具匠心。此时，这不大的地方，就显得过于凌乱了。地上散落着男人的衣裤，一直延伸到床头。邢敏微笑着边捡着衣服，边往屏风后边走。这时，她的手触碰到一件坚硬的东西。一件黑色的带钢圈的蕾丝文胸赫然出现在屏风脚下，接着黑色丝袜、T型裤……纷纷扑入她的眼帘。邢敏被烫了手一般，扔掉那个无意中进入自己手心的东西。脑子里，一个声音大叫着，这不是我的。

那当然不是她的。床上的人蠕动着，露出了熟悉和陌生的脸——熟悉的是一小时前还在对她甜言蜜语的未婚夫，陌生的是一个浓妆艳抹的女人……

邢敏至今也记不清自己是如何离开的，只知道自己恢复意识的时候，躺在医院的病床上。梅硕陪着她，只说她高烧了三天，别的什么也没问，什么也没说。她知道，这种行事风格，一定是爸爸的吩咐，她从小就习惯了。于是，顺着这个思路，这件事被默默翻了篇儿。那个男人，出国学习，成绩优异，听说进了联合国什么组织，应该混得不错。而她，从此再未提过这个人的名字。她自己不问，更没有人会告诉她，那个女人是谁，这件事到底是怎么回事……时间长了，她以为自己已经忘了，只是偶尔的梦中，那个女人的影子梦魇般出现。梦里，她同样浓妆艳抹，千娇百媚……邢敏将她脑补为那种令人不齿的女人。或许那样，她的心里会好受些……

“好点了？”梅硕不知道从哪里变出一支烟，递到邢敏手里。邢敏接过来，使劲地吸了一口。

“你是不是什么都知道？”

“知不知道有什么意义吗？你自己放不下，没人能帮你。”

“谁说我放不下？我……”

邢敏停止强词夺理，那种没底气的话，她自己都不相信。

“伪君子本来就是一种物种。你该试着接受。”

“我控制得住恶心，可我控制不住愤怒。”

“你啊，劲儿用的不是地方。”

“讲真的，我也不知道自己怎么了。”

“所以你毫无理由地抵制那个妓女的案子？”

“我是真恶心。你见我在现场吐过吗？可那个雨夜，那天我吐了。”

“你要真难受就别难为自己。咱……”

“你说老周到底是怎么想的啊？”

“他啊，我怎么觉着你俩那么像啊！”

梅硕的调侃，渐渐把邢敏从坏情绪中拽了出来。多年来，他就是这样，将最大的自我价值体现在男闺蜜的身份中。邢敏应该庆幸，世上除了伪君子的物种，还真有这类至真至纯的“蓝颜”。只是，此时身处压力中心的她，还没有体会到这一点。

4

高局长成了难送的神。队长叫嚣着让邢敏自己收拾残局，还放弃客气和尊重，骂老周为老不尊，跟着年轻人没轻没重，把高局长惹怒了，不吃不喝、不说不闹，干坐在那里不知道要干什么。眼看羁押期限就要到了，没有直接证据，没有嫌疑人口供，更要命的人家没有作案时间。监控录像显示，高局长当晚11点左右就离开了程潇的出处。据他自己说，是赶去参加市里的紧急会议。派去核实情况的民警还没有回来，邢敏心里有点儿毛了。谁会拿市里的会议开玩笑。高局长既然这么说了，肯定就没有假。倒是老周该吃吃该喝喝，一副没心没肺的样子。

饭堂里，邢敏远远看到一个民警与队长耳语了两句。队长的脸色立马变成了一片死灰。怨毒的目光飘过无数个脑袋，威力十足地戳到邢敏身上。邢敏知趣地收起盘子，拉着梅硕站起身，准备直面惨淡的结局。

“绷两分钟，听我说个事。”老周含着半口肉饼，含混不清地说。

邢敏和梅硕直挺挺地坐回座位。

“你别说，这个李阳还真是个人才。”老周好不容易咽下食物，说出的竟是这么一句话。邢敏毫不犹豫地站起身。

“坐下，看看这个。”老周声音不大，却足以让邢敏重新坐了回来。

“这不就是程潇那个公众号吗？我都查了。”梅硕看着老周举着的手机不以为然。

“底下那些评论你看了吗？”

“看了，明显都是他的嫖客。”邢敏、梅硕异口同声。

“没错。”老周从兜里掏出一张纸，纸上是一列名单。

“这是李阳给我的，程潇公众号评论人员名单和微信通讯录名单。”

“这，这不一样吗？”

“不一样，少一个人。一个几乎每次都评价的人。”老周斩钉截铁地说。

原来，老周看护李阳的时候并没闲着。他用自己的方法，打开了李阳的话匣子。李阳早熟，却也具备所有90后年轻人的特点，头脑灵活、爱表现。老周准确地抓住了这一点，让李阳详细介绍了他是怎么在程潇那里揩油的。其实，李阳给程潇建立招揽生意的公众号后，自己也一直关注着。不久，他就发现一个没有头像，没有简介，所在区域被设定为爪哇的，微信名叫“我”的人，每次都会给程潇评论。而这些评论不是一个词，就是一个表情，有点儿故弄玄虚，又传递着一个信号。李阳敏锐地抓住了这一点，并依靠自己的网络手段和暗中观察，很快查到该人的真实身份和联系方式。一连串奇思妙想之后，他创造了一条生财之路。他盗用程潇的微信号跟这个客户取得了联系。一开始他只要些红包，渐渐尝到甜头后，他就不满足了，开始分析、设计这个走心的客户，并轻而易举得到了那人的真实身份。几张PS的裸照，成了李阳的长期饭票。

“他用程潇的名义，连续敲诈了这个‘我’好几次，他自己都不知道一共敲诈了多少钱。”老周居然还没吃完，又意犹未尽地喝起了汤。

“花钱消灾、息事宁人换来的是越来越大的胃口。于是……这个‘我’就是高局长?”邢敏激动地说。

老周不置可否，继续喝汤。

半个小时后，老周和邢敏重新坐到问询室的对面。高局长并不理他们，眼睛直勾勾地看着墙上的钟。那意思摆明了是“我看你们能把我怎么办？”

老周也不跟他一般计较，收拾起桌上特意为他准备的小炒盒饭，还用餐巾纸认真擦干净桌子，才从怀里掏出两张照片，扔在桌上，冷不丁冒出来一句：

“您这么大领导也是，连原片和PS都分辨不出来，真是白混了。”

老周的话音未落，高局长的脸色已经随着目光的降落变得一片死灰。接着，奇迹发生了，刚才还耀武扬威的高局长，忽然眼圈一红，哽咽着，抽泣着，望着正在审讯他的警察，深情地说：“我没想到，真没想到程潇她是个有情有义的好姑娘，居然，居然把那五万块钱还给了我。”

邢敏立即跟进：“你到她屋里，就是为了拿钱？”

“我不知道她是要还我钱。我是，是真心喜欢她的。她跟，跟其他那些，那些……不一样。可我，知道自己这么做是不道德的。我要痛改前非，我是跟她最后告别的。我认识到错了，真的，我错了。”

“为这，你还送了她一条红裙子，香奈尔限量版。”老周不紧不慢地接着问。

“是，相识一场，我本来想……”

“想让她穿着你送的裙子去死，那样你会心安一些，是吧？”

老周的问话让在场的人，包括邢敏都愣住了。高局长毕竟官场打拼多年，立刻明白老周在给自己下套，拼命否认。

“我没有，我没有，真的没有！”

老周站起身，缓缓从桌子后边走到高局长身前，从兜里掏出一个手机，举得老远，一字一句读起来。

“人已办……领导，这个，能解释解释吗？”

高局长瞬间崩溃了：“我给他发信息了，我取消交易了。我，我，不关我事啊，真的不关我事啊。”

剩下的事就好办了。高局长放弃所有抵抗，一五一十供述了自己迫于李阳的威胁，误以为程潇要将自己吃到死，在网上找了个职业杀手，想一不做二不休。谁知，他定金都交了，时间也定了。程潇忽然发现了李阳的鬼把戏，不惜偷窃店内的钱款，也要保留自己在高局长面前的体面。

“她说自己卖身，但不卖人格。下作的事儿，她不干。”高局长说这话时，眼睛湿润了。不知为什么，邢敏觉得这回他是真的难过了。

高局长拿了钱，就紧急取消了交易。谁知，程潇还是死了。

“我不是人，我对不起她，对不起她啊。”

随着高局长的阵阵哀号，邢敏结束了这次审讯。楼道里，老周叼着他的不知名的烟卷，向她招手。

“有两下子啊，老家伙。”邢敏由衷感谢老周的加盟。

“一口锅里刨食儿的，不说这个。去，把这个还给高夫人。”说着，老周把那个立了大功的手机递给邢敏，“想着说点儿宽心话啊。都是女人，你该知道那滋味不好受。”

邢敏接过手机，迟疑着，不知道自己能不能完成这个任务。

邢敏最终把那个差事交给了梅硕。她认为梅硕更适合安慰人，自己开始紧张部署下一步的行动。难得队长信任她，让她全权负责接下来的抓捕行动。她不能掉链子。

商业街的中心广场，警员们各就各位。邢敏紧张地调动着监控摄像，生怕发生一点儿遗漏。

“小梅，你说那个杀手会来吗？”

“俩人不是说好了，事成之后，三日内付清余款吗？活都干了，没有不要钱的道理。”

“可怎么一点儿动静都没有啊？紧张死我了。你看我这手心都是汗。”

邢敏故意把手往梅硕身上抹了抹，好像那样就能释放压力。梅硕受用地接受着。

“这就对了，马上收果了。咱也让那些看不上咱们的人看看，哥们儿三天侦破凶杀案。怎么着？不服试试！”

“哎，周老呢？”

“收拾东西呢吧？大叔说，这不是他的战场，要走了。”

“该送送他老人家，多亏了他。”

“哟，不是人家刚来时横眉冷对的样儿了。”

“不对，小梅，那个清洁工。2号，2号，抓住他……”

接下来的抓捕有惊无险。2号抓捕小组按住一个形迹可疑的清洁工。谁知，根本不是。好在队长及时发现外围嫌疑人，带领1号抓捕组，按住了真凶。

邢敏兴奋地对着对讲机宣布：“全体注意，人犯已抓获，人犯已抓获，收队。”

老周被车站派出所抓获的消息也是这时候传来的。

原来，老周不想惊动大家，趁队里倾巢出动去抓捕嫌疑人的工夫，悄悄收拾好东西赶往车站。谁知，在地铁安检的时候，发生了意外。认真负责的地铁安检员要求老周把一直抱着的盒子放到安检机里接受检查。老周坚决不同意，还强行闯关，就跟安检员发生了肢体接触。盒子跌落在地，一个骇人的骷髅头，骨碌碌地滚了出来，吓得在场群众尖声惊叫，四散逃离。地铁站一片混乱。老周被扭送车站派出所。

第四章　连环杀手真的来了

1

邢敏亲自去派出所解释并接出老周。老周显得更加灰头土脸，边念叨着自己有手续，边上了邢敏的车。一路上，邢敏并不说话。老周反倒不自在起来，来回变换了几次坐姿之后，终于忍不住开了口：

“我真不是故意找麻烦。我就是不想让别人碰，解释起来麻烦。我……”

“老周，那人不是。”

邢敏没头没脑的话，让老周迅速从自己的频道调整回来，眼睛里放出兴奋的光。

接着，凑热闹似的，邢敏还没开始解释，新的报案通报就来了——郊区烂尾楼发现新鲜女尸，队长要求邢敏迅速赶往现场。

老周没跟着去，也没继续前往火车站。他一路小跑，又回到了刑警队。

值班室里，队长成了光杆司令，不耐烦地应付着各种电话。见到老周，他像是遇到了救星，让老周替自己看着那个所谓网络杀手，自己忙往厕所跑。

老周趴在留置室的小窗户上，仔细望了望。只见一个身材瘦小、头戴棒球帽的家伙睡得正香。从装束看，这就是他一眼从监控里提溜出来的家伙。可老周真是闹不懂，怎么号称网络杀手的人，这么不敬业，从头到尾连身行头都懒得换。

队长解决了内急，轻松地讲述了这个笨贼的"事迹"。原来，这就是高局长网上找的那个杀手——一个连鸡都没杀过的骗子。接到高局长指令后，他的确去了现场。可他笨得连门牌号都搞错了。敲开朱大成的门，看到比自己大出好几号的壮汉，他立即改变了主意，吓得一溜烟儿跑到楼顶，躲了一晚上才敢下来。第二天，他听说那个女的居然死了，以为一切都是天意。琢磨了两天，还是放不下那几万块钱的诱惑，他就发微信告诉雇主，人是他杀的……

老周哈哈大笑着，走到值班室角落，开始搬动椅子，重新搭建自己的小窝。队长不解。老周神秘地说："没准一会儿，你就会求我住在这儿。"

邢敏他们从现场回来，队长连夜召集了情况汇报会。几路人马分别汇报了情况。

现场位于城郊一处烂尾楼里，几个淘气的男孩发现了尸体。两具浑身赤裸、双手双脚被交叉合十捆绑的尸体被扔在废弃的天井里，旁边是两条款式不同的红裙子。法医证实，两具尸体呈高腐状态。死亡时间分别是两个月前和三个月前。死因都是窒息死亡，除指甲脱落、损毁较严重外，无明显外伤，也无性侵痕迹。值得注意的是，两名死者的胃部、肠道，甚至血管都十分干净，明显是凶手故意这么干的。据尸体头骨进行的面部复原图像已经出图，协查通报也发向临市。失踪人口比对正在进行中。

因现场不是第一现场，线索有限。众民警开始小声议论。没等队长发话，邢敏走到最前边，将两张高腐的尸体照片换成一张清丽的女孩的照片。

“这是之前被我们确认为性工作者被杀案的死者郭丽丽，女，21岁，东北人，外语学院学生。一个月前，她被发现死于学校外围的荒野公园，浑身血液被放干。现场同样发现红裙子。”

“啊？不是妓女？是……”

邢敏未理会大家的议论，继续介绍。

“据同学反应，郭丽丽家庭状况不好，靠打工维持学习和生活。半年前，因故休学。后来，有同学在某色情场所见到她。该场所被查封后，她便不知所踪，直到案发。”

邢敏的声音忽然有些低沉。她深吸了一口气，想抵挡那种从进入新发案现场就挥之不去的情绪：“如大家所见，刚发现的两具女尸与‘1105’案有着太多相似——放血、红裙子、黑丝袜、特殊的捆绑尸体的方式……尽管我们一时无法确定死者的身份，但仅凭上述几点，就可以断定此三起案件与15年前，专门杀害卖淫女的连环杀人案极其相似。我们认为，传说中的那个连环杀手已经来到本市，申请并案侦查。”

邢敏的话音未落，大家的窃窃私语便变成了各种议论。这时，会议室的门开了。穿着整齐制服的老周，抱着他的盒子出现在门口，在众人的注视下，郑重地走到前台，打开盒子，露出骷髅头骨。众人禁不住轻声惊呼。

“大家不是一直想知道，我这盒子装着什么宝贝吗？今天，我就告诉大家。”老周抚摸着盒子，声音低沉下来，“这个就是15年前，那个恶魔杀害的第一位被害者。我抱着她几乎走遍了全省，只想找到她的家，或者找到杀害她的凶手。可是，15年了，我一无所获，至今都不能确定她的身份。也许是天意吧，那个魔鬼又在这里出现了。下个月，我就要退休了。我希望这个纠缠我半生的案子，能在我退休之前，画上圆满的句号。诸位兄弟姐妹，拜托大家了。”

老周郑重地向大家敬礼。众人陷入了沉默。队长精神饱满地做了最后发言：

“同志们，省厅领导对此高度重视，命令我们，以现案为契机，以积案为抓手，串并分析，迅速破案。现在我宣布啊，‘15连环杀人案’专案组正式成立，组长邢敏，副组长就是省厅特为此案支持我们的老专家、老前辈周长生同志，组员嘛，就是梅硕啊。希望你们不负领导重托，知难而上，勇攀高峰……”

2

邢敏、梅硕和老周相聚在上次不欢而散的串吧，共同举杯庆祝他们的正式合作。虽然警力上没有半点儿增加，里外里还是他们三人，但是老周一副相当满足的样子，开心得眉头那团千年不化的疙瘩都舒展了。梅硕有点儿替他鸣不平：

“叔啊，咱要时刻保持清醒头脑，领导那都是虚的，您老别太乐观啊，省得希望越大失望越大。”

老周几十年老警察了，当然知道队长的葫芦里卖的什么药。案子破了，是在他领导下取得的成绩；破不了也是省厅连环专案难以侦破，不影响他的破案指标。而这些花花肠子，对他老周来说，早就没了现实意义。他想要的，只是破了这个“串儿案”给那些无名的姑娘一个交代，更给他几十年的警察生涯一个交代。要不然，退休那天，他真不知道自己还有没有脸面，最后穿一次警服。

“我知足。至少，这个案子又能名正言顺地挂起来干了，而且上次让他跑了，这次他不会再有那么好的运气啦。”老周闷头灌了口小二，悠悠地看着远处。

邢敏完全沉浸在案件中。新发现的抛尸现场，对她产生了巨大的冲击力。不知为什么，看到那两具尸体的时候，她第一反应就是想起来老周给她讲过的那个15年前的案子。干净的尸体、奇特的捆绑，还有那十几年不变的红裙子……她忽然理解了老周的话——“不到万不得已……”于是，一股莫名的悲伤代替了从前的厌恶。她开始为她们不值，为她们惋惜。也许，不曾走出老家的她们，一辈子都不会见到大城市的灯红酒绿，可她们会有一个安宁、温暖的家，会有自己的丈夫、孩子。一家人可能生活得并不富足，但每天她们能躺在自己家的床上，至少是安逸、踏实和温暖的……现而今，她们躺在这冰冷、陌生的土地上，任风尘霜露侵蚀她们曾经娇嫩如花的躯体，最终变成谁都不认不出的丑陋、恐惧的无名尸……邢敏第一次在现场感到了彻骨的寒冷。她知道那不仅是自身的感觉，更是一种发自内心的感同身受。她第一时间向法医要了最厚的布单，为那两个不知名的姑娘遮羞保暖。她还想赶紧去和老周汇合，好好听他说说过去的案子。她相信，老周那天进入程潇案现场时，肯定与她有一样的直觉，才会那么执拗，那么明白受害者程潇的心理，那么敏锐地揪住了李阳这个突破口……这会儿，终于能坐在一起好好说话了，她却不知道怎么开口了。邢敏在心里默默组织了半天语言，终是保持了她一贯的作风，在关键时候，语出惊人：

“周老，问句不该问的，15年前，您，我是说如果啊，就是……”

“你是想说，我有没有失误吧？”

“探长她不是那个意思，她就是想问，嗨，省厅人力物力那么雄厚，怎么就让他跑了呢？呵呵。”

“这不一样吗？”

“是我的错。没什么可隐瞒的。”

老周喝干了杯中酒，陷入对往事的回忆。

红裙杀手的第二起恶行，被发现于村边的临县高速公路边的枯井里。女尸同样高度腐败，被放干鲜血，手脚被绑成赎罪的模样，旁边放着叠得整整齐齐的红裙子。虽然尸源很快被确定，死者是一名夜总会的舞女，偶尔出台卖身，但有价值的线索仍是寥寥无几。厅里决定将两案并案侦查。忙得四脚朝天的老周这才想起来去问实习生小陈案件侦查进展。小陈说一周前就跟他汇报过，经过他不懈走访，终于发现了第一起案件的目击者。他自己蹲了两天没蹲着，又被安排了别的任务，就放下了。老周立即明白自己无意中忽略了破案的关键细节，赶紧带人去村里找那个跟村民念叨过，看到陌生大货车在村里停留的小混混。

谁知，一进村，老周他们就赶上村里出殡。死者就是小陈说的那个目击者——那人几天前喝醉酒，失足落水，溺死在鱼塘里，昨天刚刚被发现……

“我永远忘不了第二起案件死者父亲认尸时悲痛欲绝的样子，也第一次从他们的角度思考问题。那个舞女，本可以有很好的前程，可为了给父亲看病，她不得不自贱自轻。是我的错，从一开始，我就对他们有偏见、歧视，才让那个恶魔有了可乘之机。”老周的情绪有些失控，“也许这就是命吧，第一次放纵了他，他就会有第二次、第三次……可怜那个飘落异乡的女孩，死了都不能入土为安，跟着我四处追踪。其实，我只是想让她看着，我一直在工作，在努力，从来没有放弃，也不会放弃！”

正如老周所言，那家伙在临县再次作案后就消失了。直到五年后，相同的案件再次出现。老周迅速赶到案发地，得出凶手沿123国道，逐渐向内陆延伸，开始流动作案的判断。于是，老周沿着国道向周边辐射，寻找相似案件，发现类似案件竟多达近十起，可都是相似而已。他懊恼自己的失职造成了不可挽回的恶果，发誓要在有生之年亲手抓获这个变态恶魔。就这样，十几年来，哪里有类似的案件，他就不顾一切赶过去核实，最终成了现在的样子。

“当初如果我能用平常心来对待这起案件，而不是老想着她们的身份，或许就不是这个结果了。”老周真诚的忏悔并未得到邢敏的共鸣。

邢敏仍活在自己的金刚罩里，为刚刚柔软的内心做最后的抗争：“周老，我觉得您没错。她们就是妓女，就是脏。苍蝇不叮无缝蛋，她们自己造就的复杂条件，本身就给了犯罪分子可乘之机。您老用不着那么自责。”

“你要现在还这么想，肯定破不了案。”老周突然急了，猛地站起身。那样子是又要走人。

梅硕赶紧打圆场：“嘿，这老头，怎么长他人志气灭自己威风啊。再怎么说，您也是省厅专家，这说话……”

老周毫不留情地打断了他的话：“我再说一遍，我不是什么专家，我只是一个在用毕生精力纠正错误的老警察。”

邢敏也不再拘于礼数了：“毕生精力？您以为您很伟大吗？我告诉您，在别人眼里，您这些年是浪费青春、浪费生命、浪费纳税人的钱！”

老周把宝贝盒子拍在桌上，情绪前所未有的激动起来：“我浪费那是我的报应。丫头，我告诉你，你现在这个态度，跟那个凶手没有区别！你，你再不醒醒，你就是帮凶，你就是在杀人！”

三个人忽然都不说话了。半夜里忽然热闹起来的串吧，恢复了宁静。老板意犹未尽地支棱着耳朵，等着三人继续吵下去。这时，被吵醒的餐厅肥猫，“喵”地叫了一声，伸了个大大的懒腰，大摇大摆走过来，钻到桌子底下寻找食物。梅硕捡了块鸡腿肉扔给它。肥猫贪恋地舔着，发出满足的叫声。

老周重新坐回来，低沉地说：“说到底，人也是动物，只是被不同的境遇和心理左右着，有时候，还不如一只猫，简单得只奢求一块鸡腿肉。丫头，忘了那个根本不值得你想起来的人吧，更别让个人的情绪影响了你的思维和判断。别忘了，你是个刑警，也是个老警察的闺女。”

邢敏脸色通红，沉默良久，终是一句话没说，向老周举起酒杯，扬脖干掉后头也不回地走了。梅硕起身要去追，被老周一把拦了下来。

“亏你跟她那么多年，这点儿事都不懂。这种时候，她需要静一静，一个人静一静。心里的坎只能自己过，别人帮不了。”

老周说的没错，从来都没错。多年来，邢敏纠缠在自己的怪圈里。她对特殊人群的排斥，甚至对男人的偏见，自然都来自那个没有实现的婚姻，来自那个最终没给她一个说法的男人。她拼命工作，努力到逞强好胜，不是为了证明自己是一个好警察，只为了告诉世人，作为女人的她是生活、工作以及一切的强者。她不允许自己放松、不允许自己软弱，甚至不允许自己穿裙子……可她真的活得很累，她也需要休息，需要安放灵魂的港湾。

走在寂静的夜路上，邢敏的眼前还是刚才老周说话的样子——花白的头发因激动散落在额前，鼻头上顶着几颗晶莹的汗珠……有那么一瞬间，她甚至以为老爸回来了，回来把他走前没来得及说，或者是没狠下心来说的话，一字一句告诉她。这世上，也许真的只有老爸能那么说她，能那么为她着急，为她难过。邢敏完全感受到老周心底那团炙热、真诚的火。可她跟自己的父亲一样，不是个善于表达的人。她只会把所有想说的话都放在酒里。她想，老周应该明白。她正渐渐放开自己，相信明天将是新的一天。

3

梅硕特意起了个大早。昨晚的争执让他很担心邢敏的情绪。可任他发了无数条微信，人家大小姐就是无声无息。一开始他也有点儿不高兴了。本来就是，又不是他惹的事，是老周……可没用多会儿，他就想通了。邢敏那么孤单，没有父母兄姊，没有丈夫男友，更没有闺蜜朋友，有点儿小情绪，能发泄的对象，可不就剩下他这个从小一块长大的“竹马”了？所以，他顾不上自己乱蓬蓬的头发，一早赶到肯德基，为邢敏打包了她最喜欢的现磨咖啡、猪柳蛋汉堡，外加一份柳橙汁去去火。

想着邢敏喝着现磨咖啡的享受劲儿，梅硕咧着嘴进了单位的大门。

“想什么呢？傻小子，别是做梦娶媳妇了吧？”

梅硕只觉得脑袋上被什么敲了一下，四周却没有人。

“哪儿找，这呢！”

梅硕这才循声抬头望去，看到老周正趴在办公室窗台上抽烟。坏了，邢敏已经到了，或者早在食堂吃了早饭，那自己这份心思不就白费了。梅硕小跑着冲上楼，看到办公室里只有老周一人，邢敏的桌子保持着他昨天刚收拾完的样子。梅硕松了口气，把早餐仔细地摆在邢敏的办公桌上。

“哟，爱心早餐，怎么就一份儿啊？”老周抽完烟，围着那份味道浓郁的食物转着圈。

“您，您不是不习惯西式早餐吗？邢敏，她吃不了食堂的油饼。她，她不是减肥吗？”

“行了，别找辙了。我早吃完了。”老周看都没看梅硕，忽然冒出来一句，“一晚上，没理你吧？”

“没，没有。还不是让您给招的，小敏很少这样的。她最讨厌女孩子闹小性。这下好了，这么晚了还没来，没准小心灵真受伤害了。”

“女孩嘛，有心事了，就该发发小性，要不然不符合自然规律。”老周铺开地图，开始在上边写写画画。

“您是，故意刺激她的？”

“你不觉得小敏，她压抑得太久也太累吗？要说，你这个护花使者可不合格啊。”老周看看那份早餐，坏笑着。

梅硕的反驳被邢敏的微信语音打断了。听着邢敏起床气十足的声音，梅硕的心总算踏实了。老周说得一点儿都不对，人家邢敏才不会像一般女孩那样闹脾气，她只是累了，困了，起晚了。为了不耽误工作，她让梅硕在单位等待尸检结果，自己直接去案发现场周边了解情况。至于老周，她没说，梅硕也没问。梅硕要趁着邢敏没给他布置乱七八糟的杂活儿之前，赶紧按照自己的思路分析案件。其实，昨天晚上他就想好了，这个案子的情况正符合他现在研究的一项大数据分析的程序条件。如果顺利，用不了一天，他就能给邢敏一个惊喜。

想到这，梅硕变得很兴奋，顾不上自己饿得咕咕叫的肚子，一屁股坐在电脑前，进入自己的世界。

难怪玩计算机的人都自称码农。他们一进入代码空间，就真的跟农民种田一样敬业。梅硕再次回到现实世界，还多亏了法医小张。他吃汉堡的声音太大了，或者汉堡的香味太窜了。总之，梅硕被惊醒了。他抬头看见，桌子对面自己精心准备的早餐，正被一个肥硕的胖脸大嚼特嚼着。

“哎，这，这是……”

“给小敏的是吧？冷了，不好吃了。我替她消化了吧。”法医小张咽下最后一口食物，边喝咖啡边摇头感叹着：“唉，可怜的小法医，为了工作，牺牲食欲，真是……”

“这，还说没食欲啊！”

“一听你就误会了。”小张抹抹嘴，还在四处寻觅着什么，“当好法医的诀窍，就是要用旺盛的食欲来抵制自己的生理反应。就拿你们那俩腐尸来说吧，我这刚开膛破肚的……”

梅硕及时护住了已在小张视线范围之内的自己的珍珠奶茶。

“行了，哥，我叫你哥还不行吗？你知道我胃浅。”梅硕祈求着，脸色已经变得苍白。

“哎哟，瞧你那样儿，要说让你到刑警队，真是受罪啊。”小张终于良心发现，停止了即将开始的专业描述，将两份尸检报告扔给梅硕，“活儿我可连夜干完了啊，上边都写着呢，照片传你们邮箱了啊。”

梅硕扫视了一眼关键描述，立即兴奋起来：“真的，都一样，跟老周说的完全一样。”

“不过，从尸体上看，这二位，年轻，应该刚从业不久。死前没少受罪。”小张终于严肃了一点儿。

“你是说她们被……”

“没有，一点儿性侵或者性暴力都没有。她们只是被频繁洗了胃，就差喝84消毒液了。你看这，这儿，还有这儿，多项数值超标，皮肤脱水、灼伤，都是过度清洁的表现。”小张拿过报告，详细讲述了几项关键检测指标，不无同情地看着梅硕说，“小梅啊，你们这回是真遇到变态了。”

“这是个比我还‘处女座’的人。”

“嗯，你说对了。绝对的洁癖，从内到外的清洁。看他对消毒水那么情有独钟，没准是个医生。”

小张的到来开阔了梅硕的思路。他在自己的程序中又加入了几项新的比对数据。可让他拿不准的是时间，到目前为止模糊的、毫无规律的发案时间是最不好界定的。这也是他到现在为止，不敢让自己的程序出来示人的原因。

想到这些，梅硕有点儿烦，这才发现老周早就不见了。桌上的地图让他画得乱七八糟的。而邢敏更是一天没了踪迹。看来这两人真的开始各行其是了。

4

这是条隐秘的巷子，七拐八拐，路灯幽暗，一看就不是什么正经人来的地方。可由于它紧挨着越到夜里越热闹的酒吧街，总有些特殊需求的人，会定时出现在这里。

为了迎合这里的氛围，邢敏特意换了一身自己衣柜里最夸张的衣服——上身是镶着铆钉的嬉皮士牛仔服，下身是包腿铅笔裤，头上顶着一顶带亮片的棒球帽，脚穿一双“踢死牛”……不仔细看，根本看不出自己的本来面目。邢敏光顾着掩饰身份了，没想到这身打扮会招惹路边花枝招展的女人的白眼和不必要的麻烦。直到一个醉鬼毫无预兆地扑了上来，她才想起来自己是一个身材不错的女人。可是好像有点儿晚了。那个醉鬼嘴里胡言乱语着，热乎乎的酒臭味儿熏得她直想吐。她极力摆脱着，想挣脱麻烦。可醉鬼越抓越紧，甚至把自己的臭嘴往她脸上拱过来。邢敏忍无可忍，一个过背摔，把醉鬼扔在了路边。周围的人警觉地看着她。一个浓妆艳波，穿着貂皮短袄，超短皮裙的中年妇女见状，慌忙往胡同深处走。她的腿又短又粗，藕节一样插在细高跟靴子里，离远看，好像一副圆规在飞快地捯步。邢敏以为她跑不快，负责地将醉汉拽到路边便道上，才拔腿去追。谁知，那妇女转过巷口，就开始快步小跑。邢敏见她没了踪影，拔腿便追。追了没多久，就听见有人在对话。

“哎哟，我说大哥，就这吧。您要怎样，都依您还不行吗？”

“好，两条路，一条路把你手里姑娘的情况一五一十都告诉我；一条路我让你立刻从这里消失。”

邢敏跑过去一看，正是刚才那个妇女被老周堵在一个死胡同。妇女气喘吁吁的，靠在一根电线杆上，开始耍赖。

“现在生意不好做，人都自给自足了。归我管的都在那站着了，你不是看见了？”

“你蒙傻子呢？那几个加一块都200岁了，靠她们，你早饿死了。”邢敏走过去，接过妇女的话头。

“我没蒙您。年轻的都会上网，歌厅舞厅什么的，还用得着上我这儿来？”妇女赔着笑，“头俩月刚来俩年轻的，也是跟玩似的，三天打鱼两天晒网的，一个电话就打车走了。我还没弄清楚谁是谁呢，人就攀高枝儿去了。”

对邢敏的装扮和突然出现，老周视而不见，兀自拿出手机，点出两张照片问：“见过这两个人吗？”

妇女伸过头，仔细分辨着：“呦，大哥，你这照片不是真人吧。怎么……”

“别废话，快看。”

“嗯，这个有点像。没错，就是她，小嘴特甜，就是长相一般。”

“你最后一次见她是什么时候？”邢敏追问。

“那可早了，天儿还没冷呢，还能穿裙子。我记得这姑娘穿了条露膀子的红裙子，挺扎眼呢。”

“红裙子？”邢敏有些兴奋。

老周淡定地接着问：“她是先来的这里，后来怎么走的？”

“站了一会儿，鼓捣了一阵子手机，打了辆车就走了。”

老周和邢敏同时向巷口望去。寂静的夜里，仍在来回穿梭的竟大多都是出租车。二人对视一眼，似乎已经肯定了彼此的主意。放走中年妇女，老周劈头盖脸就教训起邢敏来。

“这种地方，你一个姑娘家以后少来。”

“不是您让我端正态度吗？”

“那我也没让你……你啊，就是太要强。”

“我要强点儿，您不是省点儿事？”

“我要干什么，你知道？”

邢敏并不多言，扫了辆共享单车，跟老周挥手道别。

“这丫头，有股子韧劲儿。”老周目送邢敏走远，目光里充满赞许。

邢敏奔回单位，一头扎进监控录像，直到眼睛酸胀得好像不是自己的。梅硕趴在桌子上抱怨邢敏这是青铜级笨方法，有悖于现在高速发展的科技水平。邢敏根本不理睬他越来越没谱的论断，在纸上记下最后一个车牌号，伸着懒腰，宣布大功告成。梅硕赶紧拿过来瞻仰，发现都是出租车号。

“你这是……”

“一个月30天，这些车有20天都在这个酒吧街出现。你不觉得是个挺好的突破口吗？”

梅硕这才知道，邢敏盯上了出租车。

其实，老周也盯上了出租车，只是他的行动更加直接。他连夜来到该地区著名的出租车集结地，想亲自会会那些每天过着黑白颠倒日子的人们。

这里是夜里最热闹的地方了。将近午夜，白班、夜班司机将会在那个宽敞的路边进行交接。不交接的，累了半个晚上，也会到这里来歇歇脚，加加餐。各种馄饨摊、快餐车便供其所需地及时出现，热火朝天地架起炉灶，让辛苦一天的人们，在寒冷的冬夜里享受一口热乎的吃食。一时间，在蒸汽缭绕中，叫卖声、调侃声不绝于耳，比白天的市集还热闹。

老周在人流中穿行，两双眼睛警觉地搜寻着，耳朵更是支棱着，收集可用信息。忽然，一个人拍了他肩膀一下。他敏捷地转过身，发现竟是那日参加辨认的出租车司机柯正华。柯正华面露惊喜，有些炫耀似的跟他打着招呼。

“这不是老警官吗？您这是找什么呢？”

众人听说来了警察，不约而同望向老周。老周浑然不觉地回应着：

“嗨，我这半夜饿了，想出来找点儿吃的。看这儿这么热闹……”

“嘿，那您是找对地方了。我们这儿啊什么都有。鸡汤馄饨、热拉面，还有盖浇饭。您看吧，想吃什么，我让他们给您打折。”

柯正华热情、开朗，没用老周问就把这个特殊的地方进行了详细介绍。老周也了解到，柯正华是一个只上夜班的出租车司机。原因是，他有一个长期卧床、患有严重脑血栓后遗症的妻子需要照顾。出于同情，老周特意打了柯正华的车回警队。一路上，柯正华的嘴就没有停。老周发现这是一个对暗夜十分了解的人。

办公室里灯火通明，结束初步调查的邢敏正等着老周。二人汇总了意见，提示仍是一头雾水的梅硕——深更半夜，那些浓妆艳抹的女孩上了出租车就再没了消息，一般会有怎样的结果？

梅硕茅塞顿开，继续从监控录像入手，进一步缩小了侦查范围。按照邢敏的设想，第二天白天，她要见到所有在那个时段，多次出现在那个藏污纳垢的地方的出租车司机。

第五章　可疑的出租车司机们

1

邢敏的执拗加上老周的推波助澜，经常跑酒吧街一条线的夜班出租车司机被集体请到警队问话。梅硕忙着协调各个问询室，必要时还得负责平复相关人员情绪，其中自然包括内部和外部的。邢敏尽量保持着平和心态，毕竟她没有直接证据，她只是靠着直觉，一点点地摸索着。要说态度最好的，还是那个柯正华。他不仅自己按时来到警队，而且凭借自己在司机中的威望，主动承担了部分协调和平复工作。邢敏很是感激，老周则在一边不动声色。

柯正华安排好别人的问询次序，自己就落在后边了。这时，他看看表，表情终于有了变化。老周扔掉手中的烟蒂，主动地迎了上去。

“柯师傅，这把您也惊动了？

“什么惊动啊，为社会服务是每一个公民的义务嘛。不过，老警官，能不能帮我个忙啊？”

“您说，别客气。”

“我看这一时半会儿完不了吧？您看我家里，不是有病人吗？”

“哦，对了，您得——”

“别的我不怕，就是您看这天儿，我怕下雨，家里窗户开着呢。”

“要不您先回去，等会儿再过来。”

“别啊，大家都在这儿等着问话，我就别搞特殊了。我是说您能不能帮我回家关下窗户？”

柯正华说着就开始掏钥匙。邢敏看到二人对话的全过程，不知为什么，她明显感到，老周不愿意柯正华现在回家，遂自告奋勇承担了这个任务。

“我去吧，都是女同志方便点。”

“啊？也好。其实什么男女啊，没区别了。邢警官，那就有劳您了。您就帮我关上窗户就行，别的不用管。谢谢啊。”

柯正华递过钥匙，眼睛里仍发出亮晶晶的光。邢敏有些不自然，她总觉得那束光过于强烈，灼得人浑身不舒服。

柯正华住在郊区的一个半城中村里，巷子尽头，一个独门小院坐落在一片黑暗里，一盏昏黄的灯光远远亮着，给人世外桃源的感觉。邢敏停好车，摸索着往灯亮的地方走去。大门上着锁，邢敏麻利地打开，推门进去。小院不大，但收拾得井井有条，两间坐南朝北的正屋，只有一间亮着灯。邢敏猜想柯正华的妻子就住在这里，轻手轻脚走过去，拉开房门。

“嫂子，我是柯大哥的朋友，他让我来给您关下窗户。”邢敏没有急着进去，站在门口等回应。

屋内一点儿动静都没有，只有一盏台灯闪着微弱的亮。邢敏试探着继续往里走。发现屋内还有个小屋，被一扇布帘隔着，根本看不清里边的情景。邢敏有些紧张，找到外边的开关，屋里大亮起来。

邢敏小心轻唤着“嫂子”，掀开了门帘。

里屋很小，只有一张双人床和一套桌椅。床上铺着整齐的被褥，从邢敏的角度根本看不到床上躺着人。邢敏缓步走到床边。一个瘦得几乎皮包骨头的人，戴着眼罩、口罩，仰面躺在床上。她大着胆子摘下眼罩，一双大眼睛直愣愣地盯着天花板。邢敏心里一惊，赶紧扯下口罩，用手试探着那人的呼吸。一阵微弱的温热拂到她的手指，邢敏放心地收回手，将口罩、眼罩恢复了原样。

适应了这种没有主人的状态，邢敏才仔细向四处看着。屋里陈设虽然简单，但一切井然有序。病人的衣服，甚至口罩都是洁净整齐的，散发着淡淡的消毒水的味道。邢敏关上窗户，随手拭了拭窗台，竟也是一尘不染。她不禁将面前的一切与干净利落的柯正华联系起来，感叹那真是一个细心、能干的男人。这时，她发现窗前的桌子上，规规整整放着一本老式笔记本。邢敏十分好奇，怎么现在还有人用这样的笔记本？她艰难抑制地想翻看的冲动，最终还是被电话铃声冲散了。

梅硕兴奋地报告，等待问询的夜班司机中的一个，忽然情绪失控，夺路而逃。他和老周已经驾车追踪到郊外。不出意外，这个家伙肯定有问题。听到这个消息，邢敏哪还顾得上窥视男人的秘密，匆匆跟床上毫无反应的柯家嫂子告了别，就循着梅硕他们的方向赶去。

真是希望越大，失望越大。邢敏没想到，他们费尽心力，穿越半个城区，险些经历翻车追尾事故，最终抓获的只是个“恋物癖”。守着从嫌疑人家里搜出来的一堆红色的内衣，邢敏简直是气急败坏。偏偏梅硕还不识趣，举着条红色的睡裙，跟老周显摆这是他红裙系列的最新款式。老周并不生气，闷头抽着烟，不言不语。

忽然，老周走到黑板前，看着整齐排列的发案日期，眼睛突然一亮。

黑板上，是邢敏总结的案件发案时间和基本情况：第一系列，2000年9月2日，9月15日，10月21日……推测死亡时间——7月初、9月初、10月初；第二系列，发案2015年6月17日，死者郭丽丽，7月1日，死者程潇，7月5日，无名氏两名——推测死亡时间：无名氏A，4月中下旬；无名氏B，5月中下旬，郭丽丽6月20日，程潇7月15日……

邢敏凑过去问：“周老，有什么不对吗？”

“你看，这些日期——”

“日期，你是说，凶手的频率比15年前快？”

“也就是说，这是模仿犯？”梅硕总能语出惊人。

“还有一种可能，他之所以重操旧业，是受了某种刺激，同时加快了行凶速度。”老周并不理睬他，而是顺着自己的思路，斩钉截铁地说。

邢敏显然也意识到这一点，有些兴奋地看看梅硕。

梅硕豁然开朗，这就是他一直寻找的事件数值。他打了个响指："行，总算轮到我了。"

2

邢敏难得睡到闹钟响。这是她当重案组探长后少有的享受。多半年了，属于她的新的一天，不是在各种夺命连环CALL中到来，就是在自己的"噩梦醒来"时开始。她都忘了那种恣意的自然醒是什么感觉了。闹钟的乐曲也成了每天重打精神的冲锋号。此时的邢敏只想在闹钟的余韵中慵懒着，回味昨晚的梦，奇怪的是，竟一夜无梦。大脑停止思索的状态让她心里空落落的，不知所措，幸亏老周的微信语音适时出现，她才能重打鸡血般从床上弹起来。侦查还在继续，新的一天开始了。

老周没等邢敏，自己来到位于郊区的大学区。他对此的解释是，人上岁数了，习惯早起。邢敏的理解是，老头习惯了独来独往，有个人跟着他不自在。于是，接下来的工作就变成了兵分三路，各负其责。老周按照自己的思路奔波在去各个地方的路上。梅硕如鱼得水般进入大数据分析，忙得脚不沾地。邢敏也将几起案件串联在一起，重新梳理。为此，她不仅去了那些她本能中抵触的夜总会，还独自在吧台前坐了一会儿，居然没有特别的感觉。她开始承认，酒精和偶尔的放纵也许真能让人彻底放松。要不是梅硕没完没了的微信语音，她可能还会再坐一会儿。老板说，新鲜事一般都发生在12点以后。

梅硕带给邢敏和老周的新鲜感一点儿不亚于夜总会的灯红酒绿。他在自己配置的27吋大屏幕显示器上，用分屏等方法营造出超现代的大数据氛围。照片、地图、数据、名单，以树状思维导图方式呈现在大家面前。随着梅硕的鼠标，各种动态数据、PPT文档带着鲜明的颜色和夺人眼球的语义扑面而来，弄得人眼花缭乱。老周率先做出反应——从兜里掏出速效救心丸的小瓶，默默吞下几粒黄色的药丸。邢敏不忍心打消梅硕技痒的炫耀，坚持等他做完所有演示，眼睛放光地看着他们。

“完了？”邢敏表情平静。

“完了。怎么样？吃惊吧，叹为观止吧？为我足不出户便知天下惊讶吧？”梅硕彻底膨胀着，毕竟这些天，他离开自己喜爱的专业太久了，好容易有了用武之地，他忍不住彻底炫了一把。

“惊讶，惊得我头晕目眩，心脏病快犯了。”老周说得一本正经。

“周老，至于这么夸张吗？这是科学，是进步，是信息时代的根本，您怎么……”

“我，我代沟，代沟。”

“周老，您可能不知道，这是小梅的研究课题——大数据犯罪心理画像。他原来在警院一直搞这个。”邢敏还想说什么，看看梅硕自我欣赏的样子，还是闭了嘴，“好了，别故弄玄虚了，直接说你的结论吧。”

“凶手，男性，40岁以上，有车，有独立住所，习惯夜生活，长期性压抑或有生理疾病，有宗教信仰，近20年有过多次居所迁移史……”梅硕指着屏幕上被自己设计成魔鬼状的罪犯头像，肯定地说。

老周却不以为然：“就这？都在我脑子里了，还用大数据分析？”

“您老别着急啊，”梅硕按了一个键，屏幕上陆续出现各种男人的照片，“这就是我按照这些条件，根据人口信息系统，搜集、比对出的嫌疑人照片。看，壮观吧？”

邢敏看着洋洋洒洒满屏幕的人名，不无疑惑：“你是让我们挨个去核实作案时间吗？”

“错！要是这样我就失去了存在的价值。看这里。”梅硕又调出他的PPT，“不要忘了关键的一点——流动性。这就涉及我的第二个成果。”梅硕晃动鼠标，屏幕上出现四副血腥图片。

原来梅硕用关键词查询的方法，调查了15年间，全国发生的类似案件，竟然又发现了四起手法相似的杀害性服务者案件。由于受害人均为流动人口，且不愿暴露真实身份，在核查尸源上存在很大困难。时间久了，有的案子已被挂起，成为名副其实的冷案。

老周趴在电脑前，仔细看着，激动得好像要钻回那些他没有经历过的过去。

“是，这个肯定是他干的。这个，这个也是。我就知道，他还会出现的。小梅，这个你是怎么找到的，我追踪了那么多地方，比不上你一下午的功夫。”

梅硕发自内心得意着，借机调回上一个PPT。

“基于这么大的流动性，我又添加了一个条件——长途运输司机或者有过类似职业背景。结合多起案件发案地点，进行交叉比较。”梅硕果断地点了一下鼠标，屏幕上赫然出现十个人的照片，“最后，剩下这十员大将。”

邢敏根本没仔细看其他照片，因为一个熟人的面孔太醒目了。他就是柯正华，那个永远保持着温和微笑的出租车司机。邢敏看看梅硕。

“看到熟人了是吧，别急！我还有最后一个比对条件。鉴于我市案件的线索，我又添加了现在转行做出租车司机的条件。这个才是最后的结果。”

屏幕上三张照片，只有柯正华的表情温和，神态慈祥，另两个人不是目光呆滞，就是面露狰狞。邢敏想征求老周的意见。谁知，老周看着三张照片，石像般沉思着，不再言语。邢敏能理解老周此时的心境，追踪15年，所有的疑点都在这里汇聚，前尘往事也因相同的原因在这里交集、触碰。他需要时间梳理、整合，更需要定力压制那种观点再次得到验证的激动和欣喜。可他脸上怎么没有一点儿表情？难道真是沧桑和磨砺让他摒弃了喜恶，真能做到喜怒不形于色？

邢敏不是能够隐瞒自己心情的人，想瞒也瞒不住，她的眼睛一早就暴露了她的想法。梅硕当然知道她的心思，不用她说，马上提供了自己最后的工作成果。

“这个柯正华我第一时间做了详细调查。男，46岁，原来在省城某货运公司当司机，常年跑长途。2001年结婚，一直在南方的霓市居住。今年年初，随脑血栓后遗症的妻子回老家，也就是本市落户。为维持生计，他于落户后即承包了天使出租公司的出租车。平日，无不良嗜好，生活的全部中心就是他患病不能自理的妻子。听说，为了照顾妻子，看病康复，他一般只在夜间出车。”

“那白天呢？”

“白天时段转租给了别人。”

“这么个好丈夫，我们要重点关注啊。”老周忽然从电脑前离开，走到黑板处，用笔写下2005年后，每个双数的年份，“小梅，那几起非我省的案件是不是发生在这几年？”

“没错，周老，两年一起，时间非常规律。”

“这就对了。小梅，再查，这些人在相关的时间段都在哪里，做什么。”

“这个，他们都是长途司机，流动性太大，不好确定啊。”

“可是我们能确定一条大的路线。”邢敏几乎看到地图上一条红色的路线，正沿着大广高速一路向北延伸。

“没错。他的最后落脚点，就是本市。而且，不知道什么原因，他的频率加快了。”老周思索着，“快，小梅，你的犯罪心理呢，什么原因？”

“啊，我？”梅硕没想过这种时候会用上他的刑侦理论，清了清嗓子，背书般说道，“按照犯罪心理的理论，犯罪分子突然改变犯罪的方式、规律等都是因为受了某些方面的刺激。例如，身体疾病、职业变化、家人变故、情感刺激等。”

“柯正华的老婆什么时候病的？”老周继续问。

“据他自己讲病了快十年了，一直卧床，而且越来越不清醒。”邢敏赶集补充，“这点上说不通了。按说回到故乡，他们应该是往好处走了，不应该……”

“无论如何，这三个人，咱们应该先见见才行。邢敏，赶紧跟队长汇报，咱们……”

“周老，无论如何，咱们得先喂饱肚子才行。你看，这又是一天了。”梅硕指指墙上的钟。

果然，新的一天早在五分钟前就悄悄来临了。邢敏故作轻松地笑笑，老周也咧咧嘴，好像是要笑，又笑不出来。梅硕才不管那么多，他的大脑皮层强烈地放射着饥饿的感觉，不由分说，将两个还沉浸在工作状态的人推出门去。

3

三个人怀着不同的心境，又来到串吧。老板熟络地为他们腾出了角落里的位置，询问是否还是老三样。梅硕点头称是，又特别嘱咐加一瓶蓝瓶牛二。酒菜上齐，老周先去拿那瓶没见过的酒，又闻又看地研究了半天，得出结论，这个酒的档次比上次的高了一个级别。邢敏夺过酒瓶，将三人面前的杯子满上。

“嗨，你这人就是这么没有情调。你让人周老研究透了，再开始。真是，着什么急啊。”

邢敏用行动制止了梅硕的唠叨，她什么话都没说，扬脖干了面前的酒。她当然知道自己该说点儿什么了，可不知道为什么，她说不出来，只想喝酒。在她为自己斟满第三杯的时候，老周有力的大手抓住了她的手腕。

“他加快速度跟你没关系，何况郭丽丽的案子，你并没有耽误。我总觉得程潇的出现对他来说，只是一个插曲。”

“我总觉得要是我抓住案件侦破的黄金72小时，没准，没准就没有以后的事儿了。”邢敏终于说出这个自从那天确定并案后就越来越强烈的想法。这几天，她一直拼命回避着这个念头，但是随着案情的逐渐清晰，她发现再没有理由骗自己了。此时，再次坐在这个小饭馆里，她决定勇敢地说出来。

“我就知道你有事，要不然能让我那么安安生生地做分析？真是，你怎么能这么想呢？你……”梅硕的关心无处不在，可惜总用不到点儿上。邢敏不得不再次打断他。她对着老周郑重其事地举起酒杯：

“周老，这杯我敬您。要不是您的执着，我没准会……”

邢敏的意思是，她可能会步老周的后尘。因为这些天，通过对老周的接触，她发现他们真的太像了。他们同样出身警察世家，同样心怀英雄梦想，同样将惩恶扬善当成自己毕生的事业……性格上，他们更是执拗、孤僻、耿直得不会打弯儿。不同的，只有性别和年龄。邢敏曾理智地摒弃过老周的做法和他的人生，当然不想自己也会在悔恨和纠结中度过一生。只是，她自己都不曾意识到的心理问题，被老周轻易发现，并及时说了出来。能说出来的问题其实都不是问题，而邢敏最大的毛病就是说不出来。所以，当串案渐渐清晰，凶手的犯罪轨迹和规律逐渐显露之后，她还没有意识到自己已经被一种恶性循环的坏情绪控制的时候，有着相似思维模式的老周就感到了邢敏心理上的些微变化，趁着这大战前的放松，毫不留情地拎了出来。

“丫头，酒我喝，敬意就免了。说到底，谁也比谁强不了多少。毕竟都是人，都会犯错，都会有情绪。机缘巧合，咱们碰上了，就要珍惜这份缘分。”

老周说的是心里话。当初刚刚知道郭丽丽案子的时候，他本不抱太大的希望，只是出于多年的惯性，不跑一趟就放不过自己似的，误打误撞来到了程潇的现场。哪知，还没进入中心现场他就被那里的气味吸引住了。那么多年未遇到过的熟悉的气息弥漫在每一个陌生的角落。接着，他就看到了冷横硬的邢敏，面无表情地将他拒于千里之外。可不知道为什么，她对案件的厌恶和冷静让老周立即想到了从前的自己。他才发自内心的不可抑制地要掺和到人家的侦破之中。现在看来，一切真的似有天意。

“好吧，我们就顺从天意，为缘分干杯。”邢敏知道老周不愿把话都说明白是给自己和她都留一点儿小面子，配合地重新举杯。

“好，为缘分。来，小梅，一起。”看着邢敏从容的表情，老周知道二人心意相通，无须多言，十分欣慰，主动站起身，招呼着。

“好嘞。”

三只酒杯碰在一起，邢敏露出浅浅的微笑。那是人在放松状态自然流露出的一种表情。老周欣慰地狠闷了一口酒，更加确信，邢敏已在心里百分百接受了他这个老家伙。其实，习惯了不再被人需要的失落后，老周完全能敏感地觉察出自我价值回归所带来的那点气场上的变化，那是他曾经十分珍惜的东西。只可惜，多年无畏地求索，早让他威名扫地，哪还有气场可言？因此，他从没想过自己的苍老和执拗还能为年轻人做些什么。直到他慢慢发现了邢敏的问题所在和他能给她的帮助，对那个坚韧、要强的女孩子，过多指点和明面上的帮助都是无用的，她想要的是关键时刻的点拨和心理上的及时安慰。女人和男人总有那么一丁点儿不同，关键时刻，她们更需要可以依赖和信任的人。只可惜，那个整天围着她转的小男生还没有形成完整的气场。相形之下，他虽老骥伏枥，但好在还能志在千里。这些天，从表面看，邢敏仍是一个人在外边风风火火，但有了他的存在，邢敏的心里早就多了几分踏实。即便案件进展缓慢，但至少在他和梅硕面前，她再不用做出那幅苍白无力的逞强状，那才是他最担心的。他不能看着这个具备了真正刑警的执着精神的女孩，因为自己的执拗走上他偏执的老路。所以，无形中，他刺激和唤醒着她作为女性的一面。也许，那些才是成功破案不可或缺的因素。如今，邢敏的些微变化说明，他的工作初见成效了。

果然，邢敏不再是狼吞虎咽填饱肚子了事的吃相，而是将面前肥腻的肉筋统统给了梅硕，用筷子从他的盘里挑出自己喜欢的虾仁。那半撒娇半耍赖的样子，跟一般女孩无半点差异。在其映衬下，梅硕的雄性荷尔蒙蹿升，不但粗犷地吃下那些已经发腻的肉筋，而且三下两下喝干了杯中的白酒。也许是酒壮怂人胆，梅硕居然冒出一句不着边际的话。

“小敏，其实，你长得挺好看的，干嘛老把自己往粗老爷们方向发展啊？”

“胡说八道什么呢你？”梅硕的酒后失言，立即让邢敏条件反射般套上自己的“铠甲”，顺手给了梅硕几拳，“我粗了，我就粗，就粗，怎么着……反了你了。”

“得，周老，这才是正常的，刚才那是搭错筋了。”梅硕苦笑着。老周摇摇头，看着邢敏，不说话。

“看什么看啊，没见过姐姐教训弟弟啊。”邢敏忽然脸红了。

“丫头，你其实是个挺好的女孩。试着把自己的想法说出来，别老闷在心里，你不愿意和别人讲，小梅总是可以的。”

“他，自己都没活明白呢！”

“谁说的，我，我身份证上比你大七天。”

“实际上，比我小十年……”

“你们俩啊，仗着年轻，就互相耽误吧。”

老周说完端起自己的酒杯，不再言语。邢敏的脸又红了。只有梅硕仍在为年龄的事没完没了的。那只肥猫又扭着滚圆的屁股来了。它蹭过邢敏的腿，径直走向梅硕，眼睛瞪得老大，冲着梅硕喵喵叫着。

“嘿，这猫也挑人啊。”

“没看出来，这是只母猫。”

梅硕仔细择着鸡腿肉，耐心地放到肥猫面前。肥猫享受地吃着，身子亲昵放松地靠在梅硕的腿边。邢敏看着它舒服的样子，不由羡慕起来。肥猫尚且有个可以依靠的地方，她呢？困了、累了，连个可以依靠的肩膀都没有。大概是善良映射的结果，梅硕的脸也不那么难看了，线条分明的，很有些男子气概。

老周忽然“呵呵”笑了，然后看着邢敏眯着眼睛不说话。邢敏的脸更红了。她发现真人面前不说假话的说法在老刑警面前要稍微改一改——真人面前不动心思，包括任何心思。

4

邢敏关于案情进展的汇报引来了队长强烈的工作欲。他忽然宣布由自己亲自挂帅，全体投入这个系列案件的侦破和抓捕，还将摸底问话的差事交给了全队预审能力最强的大小老王。不到半天工夫，刑警队的楼道里就充满了人影。大家无不脚步匆匆，面色严峻，一副如临大敌、肩负重任的样子。反显得“正差儿”的邢敏探组，无所事事，游手好闲。

邢敏默默坐在办公桌前，浏览着手机上忽然铺天盖地出现的关于“红衣杀手”的报道。梅硕气鼓鼓地跑回办公室，将一摞材料摔在桌上。

“快看看，这才多长时间啊，报纸、电台、网络现在都传开了。说什么杀人狂魔惊现本市，还大肆渲染了凶手对红裙子、红内衣的钟爱。也不知道现在的年轻人是怎么想的，据说市场上红裙子、红内衣脱销。这是猎奇啊，还是找死？真搞不懂，这都什么心理啊。”

邢敏拿起那些复印的材料，瞥了一眼老周。老周好像没听见，全神贯注在面前的日历上。

“谁让你整这些的？”邢敏将材料还给梅硕。

“队长啊！要不我弄它们干吗？”

“那就赶紧给队长送过去吧。”

“你明不明白他让我做这些的意思？”

“懂啊。”

“不是，你是超脱了，还是傻啊？懂就完了？你……”

“我怎么样？去跟他抢功还是抢活儿？”

“可是，那案件方向是咱们一步步确定的，嫌疑人是咱们一点点理出来的，现在……起码审讯咱们也有权参加吧！把我支出去忙这些没用的东西，把你晾在办公室，不管不问，干吗呢，过河拆桥，卸磨杀驴啊。”

老周忽然站起来，走到二人中间，一本正经发表自己对梅硕第一个问题的看法：

“真是年代不同了，以前听到这个杀人抢劫的事，躲还来不及，现在的年轻人居然想方设法往自己身上招惹？真是啊……”

“哎哟，我说周老，您这，这捻儿也太慢了。我们都，都说到……”

“说到哪儿，犯罪规律是不会变的。”老周举起小台历，使劲摇了摇。

“您的意思是，凶手的行动周期近了，他又要行动了？可程潇刚……”

“这些消息会无形中刺激他，他的行动周期将会缩短。”

“您说这个杀人狂魔会提前动手？”梅硕看着自己亲手整理的材料，有些不寒而栗。

“那我们现在，是等嫌疑人筛选结果，还是……”

邢敏正说着，队长喜气洋洋地走进来。

“呦，邢敏，怎么在这儿躲清闲呢？让我这顿找。”

“队长有事吗？”

“还是那个柯正华，柯师傅。他家里不是有病人吗？还想请你帮帮忙……”

“这么说，人都带回来了？”

“那必须啊，要不怎么对得起咱们雷霆战警的称号呢？”队长心情舒畅，就容易表扬人，“这还多亏了你们这个基础工作做得好啊。要不然，那些大小伙子们，空有孔武之力也没用啊。”

“那问得怎么样？”老周递给队长一支烟，略显殷勤地给他点上。

“大老王说，这种货得先晾晾。你们也知道，我这个政工干部出身，业务上的事，还是要依仗你们这些专家。”

“专家？”梅硕不敢相信自己的耳朵。

“是啊，小梅，你们啊都是专家，都是我学习的榜样啊。”队长终于找回政工干部的感觉，开始双眼冒光，唾沫星子乱溅，“而且啊，咱们作为一个团队，都是一家人，说白了，那就是亲人。是不是啊，亲人！”

“那什么队长，是不是柯正华还等着我呢，我还是先过去……”邢敏实在受不了队长的亲人理论，无礼地打断了队长的话。

“啊，是啊，你快去，三号谈话室啊。小梅，我接着跟你说啊，还有老周，我跟你们说，这一年365天……”

“哎哟，丫头你一人恐怕不行吧，我跟你一起吧。”老周瞬间流露出老警察的机智，不显山不露水地跟在邢敏身后，逃离尴尬境地。

看着梅硕一脸消化不良的表情，站在队长面前，邢敏坏笑着关上门。

5

这是邢敏第三次见柯正华，尽管梅硕的调查已经将他推到了嫌疑人名单的前三名，但是邢敏仍不能将他与杀人狂魔画上等号。因为他那双眼睛，实在是太温和了。温和得每个女人都不会对他设防。她这个阅人无数的女刑警也不例外。

邢敏一进门，柯正华马上站起身，满含愧疚地直视着邢敏。

“邢警官，真不好意思，还得麻烦您。”柯正华说着开始掏钥匙。

“又忘了关窗户？”邢敏接过钥匙。

“不是，是……”柯正华看看左右，竟有些羞涩，“我那位正好赶上来那个。这都多半天了，又是血又是尿的，我怕她不舒服，您能帮我去给她换换吗？”

“您真是个细心的好丈夫。”邢敏盯着柯正华的眼睛，想从中看出点儿什么。柯正华看了邢敏一眼，很随意地躲开她的目光，低下头，轻声说：“嗨，谁让我赶上了呢？再说，谁也不愿意得病不是吗？当初费那么大劲儿跟她回老家，这不也是想着让她叶落归根吗？”

“这些年可是难为您了。”看着柯正华真诚的表情，邢敏由衷地说。

“嗨，再苦再难，还能再坚持几年呢？医生说，她……”柯正华低下头，说不下去了。

邢敏拿着那串还带着柯正华体温的钥匙，若有所思地坐进老周开的车里。

“被新好男人感动了吧？”老周开着车并不看邢敏。

“您说梅硕的大数据靠谱吗？”

“没有直接证据之前，一切都只是猜测。”

“那队长就这么张扬着，把人都弄回来，不是……”

“可能也是一种方法吧。每个人都有每个人的道理，我们要学着接受别人的意见。”

“所以，从昨天到现在，我一点儿没炸刺儿。”

“别说，丫头，你长进了。”

“就知道您老一直看我笑话呢。”

“没有，真的，看来我的话，你听进去了。人哪，有时候就得换个角度想问题。”

“我才没那么高深。我就想，不管是谁，能赶紧把这案子破了，比什么都强。”

“嘿嘿，就是这个理儿。”

老周一脚油门，车子欢快地冲上高速。

白天的柯家小院显得十分喧闹，没有晚上静谧。邢敏左右看着，终于找到原因——是院里那些盛开的五颜六色的月季，争奇斗艳着给人带来一丝烦乱。老周却忽然对花草产生了浓厚的兴趣，不仅一株一株看着，还找了把铁锹，平整起土地来。

“周老，您这是几个意思？”

“你看这土都是喧腾的，不压压实，这花啊长不好。”

邢敏四处看着，发现这个不大的小院显然经过精心设计，只是工程还没有进行完，花草刚刚被挪到指定的位置，只有两块寿山石牢牢占据了中间位置，与一个胶土堆砌的小山包一起，确定了小院的整体风格。

“你看这柯师傅还是挺有生活情趣的，这是要在院里弄个假山啊。还有这些花草，也都是有讲究的，你看这些花的颜色搭配，多与众不同啊。”

随着老周的解释，邢敏才发现月季中的红色花朵艳丽似血，在花丛中显得无比夺目。它们看似无意地散落在其他花朵之中，或单独或成双，抑或几朵成束地簇拥在一起，令那片小花丛呈现出一幅抽象派的图画。

“周老，你看出来了吗？这，红色的好像，好像一幅画。”

“我怎么看着像是一道符啊。还有这个假山石，无论从哪个角度，都有阴影投过来，像不像一座镇妖塔？”

邢敏被老周提醒，站到屋前的台阶上，统观全局，发现那个整体形状呈圆形的花丛的确显得有些诡异，尤其那红色的花朵，看得人心烦气躁，莫名慌乱。

“走吧，进去看看。”老周收好铁锹，掏出手机，“这么别致的花园，还是留张影吧。”

“柯大嫂，我又来了，柯师傅让我帮您换换卫生垫。”邢敏推开门，一阵浓烈的消毒水味扑面而来，呛得她直咳嗽。

柯正华的妻子仍是一动不动地躺在床上，脸上戴着眼罩和口罩。邢敏轻轻走过去，掀开那些遮挡物，发现她的双目紧闭着，不由下意识地探起鼻息。

“他给她输了镇静剂。”老周看着窗边输液架上的药液，眉头紧锁。

“周老，你不觉得这屋里有点儿怪吗？”邢敏想起自己第一次来时的感觉。

“整齐得让人窒息吧。”

“对对，一个男人，能把家弄成这样实在少见。可这种整洁怎么让人那么不舒服呢？总觉得哪儿怪怪的，又说不出来。”

老周没有急于回答邢敏的问题。他在那不大的空间，小心走动着，观察着，还不时敲打两下墙面，令那砖混结构的建筑发出两声深沉的闷响。最后，他的注意力集中在冰箱里整齐码放的药液上。可除了生理盐水和心脑血管常用的药剂，并无异样。老周最后站在床前，看着床上那个脸色惨白、瘦得皮包骨头的女人，说出自己的感受：

“这屋子最怪的地方就是没有烟火气。”

“那不就是没有人气，可这人明明还好……”

“小敏，我回避一下，你好好给她收拾一下，注意看下她身上有没有什么伤痕。”

老周说着，又回到小院里，重新拿起那把铁锹，四处敲击着，试图发现什么。很显然，柯正华对自己的小院是颇费了些心思的。除了那个讲究的花丛，一条贯通全院的引水渠也被砌得规规矩矩，科学合理。老周俯下身，一股消毒水味呛得他打了个喷嚏。他这才发现，那引水渠清浅的沟壁上竟然没有苔藓，取而代之的是几道斑驳的白色印记。他用手指甲扣下一点，放在鼻子底下，果然还是一股消毒水味。

这时，邢敏结束了自己的工作，走出房门，向老周摇摇头。她在柯正华妻子身上没有发现任何伤痕。那个长期卧床的女人身上甚至没有一块褥疮。

完成任务，二人锁好门，重新回到车上，一路沉默。

与此同时，刑警队里上演了一出广撒网、无收获的闹剧。由于没有直接证据，普通问话式的了解情况，非但没有得到任何有价值的线索，反而因为其中一位司机的法律意识过强，差点引来行政投诉。另一位一看就曾经是早年间流行的那种文艺青年，如今虽人到中年，仍保留着单纯浪漫的激情。对警方的问话，他不但毫不介意，而且积极提供各种新思路、新想法，几乎将问话室变成了电影剧组的策划会。相对而言，只有柯正华比较正常。他仍是积极配合，有一说一，诚恳、认真地对待警察的每一个问话。而他十几年的人生经历也如梅硕查到的，简单清晰，一目了然。

邢敏和老周回来的时候，楼道里又恢复了以往的安静。各探组早就分头忙碌去了，队长也回到自己的办公室，说要闭门思考下一步工作计划。梅硕心情大好地点了肯德基外卖，假惺惺地表示要犒劳邢敏，因为她刚服务了人民群众家属，功不可没。

“你瞧你那一脸的司马昭之心，你是真傻假傻啊。这什么都没问出来，不说明你的分析是错的吗？”邢敏是真为梅硕不值，辛辛苦苦忙碌了一天一宿，最后一无所获。

“可现在案子主办权又回来了，不值得咱们好好庆祝一下吗？”梅硕大嚼着辣鸡腿，只觉得浑身畅快通透。

“回来了也只能让更多的人看咱们的笑话。其实，我们必须承认，自从那个假杀手被抓之后，我们已经没了新的线索。”邢敏第一次在外人面前承认困境，还有些不习惯。她把头埋在两手间，眼睛空洞地看着屏幕上，那些曾令她激动不已的大数据。

“对了，人家柯师傅是不是还等着我们的钥匙呢？”

老周的话提醒了邢敏。她猛地抬起头，正撞上老周的眼神。他面无表情，却目光坚定。邢敏忽然相信，这一路的沉默，老周是在思考一个问题，一个与她想的一样的问题——他们得亲自会会这个柯正华才好。

6

夜已深，经过晚高峰的繁华，街道恢复了正常温度。按照柯正华离开警队时交待的地点，邢敏和老周来到那个出租车司机集散地。时间尚早，这里远没有午夜里热闹。老周轻车熟路地带着邢敏穿过几个摊位，顺利找到柯正华的出租车。

车里没人，车门也没锁。四门大敞着，远远就能闻到消毒水味。

“这柯师傅是真爱干净啊。”老周若无其事地走过去，车里车外仔细看看，果断关上车门。这时，柯正华也拎着大茶杯，满脸堆笑，一路小跑着赶过来。

“真是麻烦二位了。”

“柯师傅真是家里家外的卫生模范啊。”老周将钥匙递过去，“可这防范意识也太差了，怎么连门都不关啊。”

“嗨，我这是刚做了清洁，怕乘客觉得有味儿，放放空气。”柯正华接了钥匙，指指四周，“再说，都是熟人，谁还不能帮忙照应着点儿啊。对了，该说的我都说了，也不知道能不能帮上忙。”

“我们也是例行公事。”邢敏尽量让自己的口气显得自然，“大嫂那儿也挺好的，都弄利落了，您就放心吧。”

“我放心，放心。您是女同志，肯定比我细心。”

“嘿嘿，我看你这个持家能力绝对在我们邢探长之上啊。还有，你那个花园真是别致，尤其是那十几株月季，养得可真好。”

“哎哟，您不知道吧，那可是我托人从日本弄回来的正宗的红龙沙宝石……”

老周很自然地将话题引向了那片花丛。柯正华难得遇知音似的来了兴致，滔滔不绝地讲起他的花园和月季花，还主动解释了那个令人起疑的假山。

“不瞒您说，我这长期照顾病人，心态上多少有点儿那个，就请了个风水先生。那花园布置啊，都是有说法的。其实，具体的我也不懂啊，就是想求个心理安慰。”

“那个……管用吗？”老周幽幽地看着柯正华，忽然问。

柯正华愣了一下：“嗨，那不是还没弄好吗？”

“也是。没准明年开春，都弄利落了，柯大嫂的身体就能有所好转呢！”老周笑着安慰。

“但愿吧。”柯正华眼睛看着远处，一脸无奈。

邢敏发现柯正华不怎么愿意与老周对视。老周反而一反常态地追着他的目光。无形中，一种高手过招的感觉袭来，邢敏紧张地屏住呼吸，好像下一句话老周就能找到破绽。谁知，老周忽然收了话头，匆匆结束了这次主动出击。

是解除怀疑了，还是发现了新的问题？邢敏迫不及待坐进车里，等着老周的解答。老周并不急于对柯正华下结论，反而说起了自己的侦破往事。

第二起红裙案后，老周便开始对案件进行串并、比对，并得出两起案件系一人所为的结论。他的理由除了那条红裙子，还有凶手对现场和尸体的处理极其干净。两起案件的受害者遗体呈现出从内到外的清洁。不仅没有血液、残留食物，而且没有污垢，甚至多余的角质。法医证实，两具尸体都被凶手用化学制剂清洗过，几乎是他见过的最干净的尸体。为此，老周固执地将嫌疑人划定为医生或医务工作者。他甚至走访、彻查了辖区内所有医院里有过不良记录的人。结果引来各方投诉，案件毫无进展，杀戮在临县再现。老周也是从那时才注意到案件的流动性的，他迅速调整侦破方向，在心里勾画了一张侦破地图，敏锐地分析并等待着凶手的破绽。谁想，凶手好像知道一切似的，忽然没了踪影。直到五年后，相同案件，在距离第一起案件1000公里的地方再次出现。

“知道我为什么一进程潇家，就觉得这是他干的吗？”老周点燃一支烟，眼睛半闭着，显得有些疲惫，“因为味道。这么多年了，法医的话变成了一种特有的气息留在我的记忆里，让我条件反射般，一见到那些被放干了血的尸体，就想起消毒水的味道。”

“程潇家的确有84消毒液的味儿。我记得。”邢敏立即想到程潇床上异常洁净的白色床品和那股刺鼻的味道。

“对，就是那个味道刺激了我。今天到柯正华家，我又闻到了这种味道，所以，我，我是不是有点儿……”

“不，周老，您的感觉没错。我也有一种直觉，只是，我的直觉全无理由。我……”

“呵呵，你啊，说到底还是女人。不要小瞧女人的直觉，更不要回避自己的性别优势。”

邢敏正想辩解，梅硕的电话追来了——废纸回收站后院发现女尸和红裙子。

第六章　模仿，还是改变了规律

1

这是一个典型的城中村。宽敞破败的大院子隐藏在四周高楼大厦的繁华背后。锈迹斑斑的厂牌外挂在已经倒了半边的大门上，模糊不清的“国营”二字表露出这里的历史。作为老牌国企的再生资源公司早就迁到了城外的开发区。城里这片厂房占据着寸土寸金的宝地，成为商家利润争夺的标的。不知是牵扯利益过于繁杂，还是房地产风云变幻过于频繁，反正这块空地一直没有易主，更没有重新开发利用，硕大的厂区只有最里边的废纸回收仓库还在发挥着作用，每天定期对城内各大机关团体开放，专门回收纸张文件。

梅硕一早等在停车场，脸色苍白，显然是刚刚经历了剧烈的呕吐。邢敏看着他眼角发红、嘴唇乌青的样子既心疼又好笑。她真搞不懂梅硕为什么要自己找罪受，放着好好地数据分析专业课题不搞，非要到现场来受刺激。可要真离了他，以她的个性和现在的处境，还能在这男人云集的地方坚持多久？她真的不知道。

车还没停稳，梅硕就过来拉车门。

“周老，典型的红裙子，叠得规规矩矩的。不过，有一样啊，您别失望，这回不是放血，是喷血。”

“那这里就是第一现场。”

老周说得不错，中心现场位于仓库宽大的卷帘门边。地上，一具赤裸的女尸仰面躺着。脸上、身上，四周的门上、地上到处都是喷溅型血迹。扑面而来的血腥味令神经大条的邢敏都忍不住干呕了两声。只有身经百战的老周，百毒不侵般走近尸体，仔细查看。尸体的手脚被别扭地捆绑着，旁边是一条熨烫得十分平整的红裙子，叠得方方正正地放在塑料袋里。

“是他，这回肯定是他。”老周蹲下身，喃喃自语。

邢敏看到尸体手指上染着妖艳的指甲油，肚脐和乳头上挂着性感的首饰，立即明白了对方的身份和老周判断的根据。

老周此时已经离开了尸体，沿着技术人员放置的物证标签，激动而小心地走动着。只是地上杂乱繁多的脚印和五颜六色的烟头令他越来越失望，他终于停止搜寻，望着仓库里堆积成山的废纸，深深叹息。这里本就是个人来人往的地方，凶手很清楚这一点。

邢敏让梅硕找来白布，轻轻盖在尸体上。不知是不是那新鲜血液的味道太过强烈，她竟隐隐感到生命倏忽流逝后的虚无和悲悯。可怜的女孩，也许昨天她还在对镜梳妆，为自己即将老去的容颜担忧，抑或在仔细涂抹指甲油时，憧憬着未来美好的生活。她肯定想不到十几个小时以后，便陈尸在这个冰冷杂乱的仓库。

邢敏几乎看到，她生命终结时，眼角流淌的最后一滴泪珠。接着一个问题冒了出来，如果躺在地上的是她，在生命的最后一刻，她会因心怀不甘而落泪吗？她会因留下泪痕而自责和愧疚吗？邢敏无助地四处逡巡，发现梅硕关注的眼神一直在自己身上。她的脸腾地红了，为自己荒唐的想法，更为自己莫名流露的软弱。她迅速搓了搓脸，掩饰住自己的尴尬，然后大大咧咧地走到老周身边，故意粗声大嗓地说出自己的想法。

“这次尸源查找应该比较顺利，死者脸上有一小片红色的胎记，特征明显。”

“你仔细看了她的脸？”老周总是这样洞察秋毫。邢敏点点头，承认了自己的变化。

“那你肯定也注意到这次的捆绑姿势了。双手合十，膝盖弯曲。如果不是卷帘门打开，引起尸体的变化，我想她死前的姿势应该是跪在门前，忏悔。”老周边说边比画着，“这是与第一起案件最相似的姿势，却是所有案件里最血腥的现场。”

老周来回走动着，手里捏着烟，竟忘了点。

按照并案原则，这起卖淫女被杀案仍由邢敏探组负责。案情分析会后，邢敏就带着老周和梅硕扎进了法医中心。法医小张提供了与前几起案件不尽相同的分析报告。

死者，女性，25—30岁之间，身高165厘米，体重55公斤，尸表除颈部3—5厘米左右伤口及面部小片胎记外，无鲜明印记及伤痕，无生育痕迹，胃部充盈。死因：出血性休克。

“要说最不一样的还是这个致命的伤口。”小张用镊子拨弄着尸体上的伤口，认真讲解着，“我现在还想不出这是个什么样的凶器。理论上讲，应该是椎状物体。一下扎下去，稳准狠，又果断拔出，才会造成伤口周边肌肉的瞬间痉挛。你们看这里……”

“以前他都是用刀的。”老周肯定地说。

“没错，一切是为了放血方便，一把手术刀解决问题。这次不是，肯定不是。”

“那会不会是模仿犯？”梅硕已经被解剖室里的血腥味熏得虚脱，脸色苍白地歪在门口的椅子上。

“不会，那个绳扣的系法，太特殊了，只有他那么系。”老周眼前闪现出第一次出现场时的情景。当时，他就注意到那个独特的绳扣。

“今天是31号。距离上次作案，正好相隔半个月。这不是他的规律啊。”邢敏对老周的话将信将疑。

“这说明他被激怒了，已经不再考虑规律。他需要发泄。”

打印机忽然启动，惊得梅硕站了起来。法医不以为然地走过去，告诉大家是生化报告出来了。

“呦，好消息啊。经与DNA库比对，死者身份确定了。”法医笑着把报告递给邢敏，“这回你不用查得那么辛苦了。”

“唉，心不苦，命苦。他们这些人社会关系复杂，全走一遍就能脱层皮。不过好在我都脱过一遍了，老周更是脱了好几遍了。没事儿，习惯了。”

“这回没那么麻烦吧，这是个毒贩，之前小额藏毒，被处理过，而且这次毒检反应严重超标。按这个剂量，被杀前她就人事不省了 。”

2

法医的结论几乎动摇了老周的判断。邢敏反而坚持不轻易下结论，一个人奔向城郊的看守所。她很奇怪老周的变化，以前那个坚定、果断的老警察忽然不见了，取而代之的是一个患得患失，不敢轻易下结论的老者。

来回上百公里的路程没有白跑。经过对某贩毒团伙在押犯的审讯，邢敏大概了解了死者的情况。死者关红，27岁，东北人，无业，平时靠出卖肉体维持生计。因染上毒瘾，不得不走上以贩养吸的道路，但她十分小心，宁愿多次跑路，也从不携带超量致刑的毒品。有时候真碰上缉毒警，宁愿自己吸了，也不会授人以柄。因此，除被强制戒毒两次外，她竟未受过刑事处罚。

按照尸检报告提供的数据，邢敏怀疑关红此次又是将所携毒品自己消化了，遂联系缉毒部门证实，案发前一晚，的确有一次统一抓捕行动。因抓捕区域开放，警力有限，只抓获了主要贩毒成员，不排除有小毒贩漏网的可能。邢敏不急不躁，又调看了抓捕录像。终于在行动的中心区域外的路边，发现了关红的身影。她穿着红裙子，招摇地站在街边，眼睛却死死盯着不远处的大厦大堂……

“看来她以为自己躲过了一劫，却不知上了亡命车。”邢敏把一张清晰的照片摆在老周面前，“这是监控追踪发现的关红最后的身影。”

老周拿着照片仔细看着，关红一脸柔媚，打着电话坐进了出租车。

“又是出租车？”梅硕蹦过来，惊讶地问。

“车牌号，柯正华，我们……”老周有点儿语无伦次。

“没错，又是出租车，可惜监控没拍下车牌号。按照法医确定的死亡时间，那时柯正华正在我们这里接受常规问话。我们还去他家，帮他照顾了妻子。”邢敏终于坐下，端起水杯，给自己喂了口凉茶。

“不，不可能，不应该。”老周又开始来回走动着，稀疏的花发，随之垂到额前，显得十分颓废。

“周老，不是那个柯正华，你昨天到现场就认定了，是不是？”邢敏终于说出憋了一天的话。

老周停止踱步，站在密密麻麻写着11起案件情况的黑板前，陷入常态的静默。

“您是怎么了，怎么昨天……见了柯正华以后，您的自信和果断就，就消失了？”

“丫头，我追了这个案子15年，以为跟那个家伙早就是老熟人了。所以，一进柯正华家，我就闻到了那家伙的气息。我甚至断定，那儿就是他的魔窟。可我东挖西看，最终发现，除了那浓重的消毒水味，没有任何东西能跟这起系列杀人案扯上关系。可我不甘心。知道为什么吗？”老周终于扭过身来，“因为记忆是有气味儿的。15年前第一起案发现场，就是这种消毒水味儿，混合着鲜血的味道，让人想忘都忘不了。”

“可您不能因为一种普通的气味儿，就……”邢敏尽量选择着适当的词汇。

“不，我觉得周老的感觉没错。这也是我的心理画像的价值。执拗、细致、流动、职业背景，对，再加上气味儿。柯正华无疑是最符合凶手气质的。”

“可他没有作案时间，更没有作案动机。”老周率先反驳了梅硕的观点，“据邻居反映，柯正华对妻子的照顾无微不至，生活的全部意义几乎就是为了让他的妻子多活两年。”

“即便这样，您也说服不了自己，不去怀疑柯正华，对吗？”邢敏敏锐地感觉到老周的症结所在。

“是的，那是一种固执的直觉。可是，办案不能靠直觉。15年前，我的直觉和轻狂已经贻误了战机，我不想，也不能再让自己的想法耽误你们。”

“周老，您这是要临阵脱逃吗？”邢敏走过去，看着老周的眼睛，“您不是说，要帮我们打个翻身仗吗？您不管我了？”

“丫头，你已经走出那个怪圈了，你不知道吗？而且以你的敏锐和能力，根本用不着我再指手画脚了。也许，我是真该退休，给你们年轻人让路了。”

“不……”邢敏知道自己应该说些宽心的话，更想好好说说自己这些日子的感受。她想告诉老周，有他在，她的思维清晰；有他在，她的心里踏实；有他在，她就能信心满满，勇往直前。可她不是个善于表达自己情感的人，更说不出那些对别的女孩来说再自然不过的暖心的话。她憋了半天，脑子一热，只冒出三个字：“我不许。”

不知是邢敏霸气十足地镇住了老周，还是老周自己想明白了，反正老周没走，也没按自己的意思死乞白赖地盯着柯正华不放，而是按照在关红案上发现的新情况，开始游走于车站、写字楼的出租车停靠地。

功夫不负有心人，终于有司机承认，那晚关红险些上了他的车。因为自己的车被人提前预订，关红还要投诉他拒载。据司机说，关红那时就已经药性发作，一身醉态，说话做事下流露骨，十分不堪。

看了梅硕找到的相关监控录像，老周主动将关红的照片贴在黑板上："这就对了。只有这样的女人才合那家伙的口味。"

老周重新叼上不知名的烟卷，眯缝着眼睛，盯着那些排列整齐的作案时间，再次陷入沉默。邢敏彻底放心了。她心目中的那个老周终于又回来了。事后，面对邢敏直白的追问，老周的解释是，人都有软弱的时候，即使经过千锤百炼的老警察也不例外。所以，无论什么时候，人都需要释放和缓解，而释放的途径首先就是把话说出来。

3

柯正华真是大家说的那种好丈夫。他的生活重心全在妻子身上，自己的生活的确能简单就简单。这不，他刚刚自己在街边的小吃店填饱肚子，又给邻居院里行动不便的孤老头顺手外带了一份肉饼，才溜溜达达回家伺候床上的病人。

他一边给妻子擦身，一边念叨起一天的见闻。

"我今天又在写字楼底下，碰上那个头发都白了的老警察了。真得佩服人家的那敬业精神，那么晚了，还挨车挨人打听情况呢！可他那法子也太笨了。不是说现在都科技办案了吗？怎么还搞这种人海战术啊。嗨，我看着心里挺不落忍的，就没忍住，又跑过去跟人家打招呼，还送上一瓶矿泉水。你猜怎么着，他看我那眼神儿和气多了。"

柯正华把毛巾放到水盆里，小心搓洗着，眼睛温和地看着床上的妻子。妻子脸上的眼罩和口罩早已摘除，一双大大的眼睛，惊恐地瞪着天花板。那怪异的神情与柯正华的平和亲切十分不合拍。柯正华似乎习惯了，兀自接着说：

“我觉得啊，这可能跟那个女警察有关。你见过那个女的吧。长得秀秀气气、白白净净的，真像……嗨，说了你也没见过。你说，那么文静、温柔的一个姑娘，她怎么就当了警察呢？她要不是警察该多好啊。我觉得她对我印象也不错。也是，我这么细致入微的男人，打着灯笼都难找呢，是不是？”

说着，柯正华小心掀开被子，开始手法熟练地给妻子按摩肌肉。

“怎么样？力度还合适吧？疼也要忍一忍，轻了没用的。”他的动作娴熟得近乎机械，三下两下就结束了正面的按摩，双手轻轻一推，就把妻子翻了一边。尿垫上，一摊红色和着血腥扑面而来。柯正华下意识向后躲着，用手捂住鼻子。忽然，他双眼发直，脸上“变脸”一般换了一副模样。曾经的平和瞬间消失，难以想象的狰狞像面具一样，扣在他的脸上。

“血，哪来的这么多血？你，你个死人哪儿来这么多血。”柯正华低声嘶叫着，一把扯下满是血污和尿渍的尿垫，摔在妻子身上。妻子浑身颤抖着，发出“呜呜”的声音。

“好啊，能出声了，真好啊。”柯正华用最快的速度，打开冰箱，拿出药液，接好导管，熟练地将针头扎进了妻子的血管。随着药液的急速推进，柯正华急促的呼吸渐渐变得平和了。他看着满地狼藉，低沉地笑笑：

“没关系，我马上就会收拾好，不会有任何痕迹的。你好好躺着。”

说完，他麻利地收拾好垃圾、废物，又用84消毒液，将屋子从里到外擦了一遍，才重新铺上尿垫，把已经沉睡的妻子重新安顿到枕头上。看着那双紧闭着的大眼睛，他十分满意，从枕头底下拿出眼罩和口罩，仔细戴在妻子脸上，才坐下来喘口气。

“睡吧，睡吧。睡觉是件多好的事啊。”

柯正华将身体蜷缩在床沿，闭上眼睛。他想趁着妻子均匀的呼吸，也能获得短暂的安眠。可事与愿违，没几分钟，他就惊恐地睁大眼睛，猛地站起身，看着床上的妻子，喃喃自语：

“这是你们的床，我不能睡在这。我走，走还不行吗？”他将点滴的流速调到最慢，才关了里屋的灯，来到外边。外边的消毒水味儿没有里边浓。他的精神好像也放松了一些，坐在唯一的椅子上，看着桌上的车钥匙发呆。

窗外忽然传来邻居老头那个老掉牙的录音机播放的老歌——“甜蜜蜜，你笑得甜蜜蜜……”

柯正华忽然双手捂住耳朵，似乎要屏蔽那甜腻的声音。可没过多久，他的脚就随着音乐的节拍，轻轻地点着地，嘴里也跟着哼唱起来。音乐的确是情绪调和剂，他的面部肌肉逐渐松弛了，温和的笑意又回到他的脸上。他平静地烧开一壶开水，经过洗茶、冲茶等繁杂工序后，才把清亮、浓重的茶汤倒入自己的大茶缸子里。

他并不急于喝，耸着鼻子闻了好一会儿茶水的香味后，才小心地喝了第一口。喷香滚热的茉莉花茶瞬间通透了他的身体。他深深吸了口气后，看着黑洞洞的里屋，咧嘴笑着，关上灯，锁好门，走进小院。

夜里的月亮很亮，照在花丛上，形成阴暗的倒影。暗夜里，那十几株白天鲜艳欲滴的红月季，反不如其他颜色的花朵。月色下，曾经红如鲜血的颜色竟变成骇人的暗黑色。

柯正华停在花朵旁边，从左至右、又从右至左数了两遍，最后还是摇摇头，走出院子。月光下，刚擦的出租车光鲜亮丽。他的心情似乎好起来，小跑着奔过去，打开车门，坐在驾驶座上。属于他的新的一天，这才真正开始。

发动汽车，柯正华直奔酒吧街。以前开大货车的时候，他绝想不到，每天夜里，那里还有那么多跟他一样不能睡眠的人；更不知道，那些灯红酒绿下，藏着他最感兴趣的东西。相比从前，现在这样唾手可得的快感和幸福，似乎因来之过易而显得有些不真实。可有什么关系吗？一切都是那么完美，完美得他的心里已经唱起了歌。

“甜蜜蜜，你笑得甜蜜蜜……”他打开车内音响，甜腻的女声立即占据了整个车厢。这声音好甜，甜得让他又想起了纯儿的笑靥。是的，每天他都盼着这一刻，因为只有这时，纯儿才会重新出现在他的身边。她好像就坐在旁边的副驾位置，甜甜地笑着，看着他开车，给他唱着歌。

前边的车灯忽然晃了他的眼睛。接着，红红绿绿的霓虹灯也闹哄哄地出现在车前。柯正华向副驾上看看，自然是什么都没有。

“又要开工啦。”他笑着对自己宣布，然后按下车窗，让车内清纯的歌声与窗外的嘈杂混为一体。

4

邢敏的脚又翘在了桌子上。这是她认为的最好的办公室放松方法。身为女性，她不可能跟男警察似的随处一躺，就地安寝。她更不能让整个身体回到宿舍温暖柔软的床上，接受彻底的放松，那样只能消磨她的斗志。她会因舒适区的惰性，放弃整个晚上的行动。而只在夜幕降临后出现的罪恶，决定了作为警察的她，必须在夜里保持最佳状态。可她又真的累了，必须让已经紧张了一天的身体得到适度的放松，所以，她便选择了这种属于她自己的，虽然有失淑女风范，但能解决很多实际问题的方法。只是，她忘了，人累极了，在哪儿都能睡成一摊泥。

邢敏现在就是以这样一种不雅的怪异的姿势摊在转椅里，嘴边淌着口水，睡得昏天黑地。梅硕实在看不下去，想去弄醒她，被老周拦住了。老周清楚那种身心俱疲的困乏，既能睡着就是难得的享受。何况，今天夜里的任务，没有邢敏一样可以完成得很好。

老周拉着梅硕，发动汽车。梅硕禁不住看着楼上灯火通明的办公室，笑了笑。老周瞥了他一眼，并不说破。男人啊，有时候还是需要那么点儿担当带来的虚荣。

深夜的火车站难得清静。大概最后一班高铁刚刚经过，几辆出租车停在泊车区等客。司机们聚在一起闲扯着。老周递给梅硕一张照片，让他负责查出这人手机里的社交软件。梅硕一看，竟是熟人——他用自己的大数据比对出的三个嫌疑人之一。老周知道他的思维一时不能跳到这里，只得简要介绍了关红案带给他们的启示。

“您的意思是咱们之前思维过于局限，应该利用出租车司机这个职业背景，扩大搜寻范围？”

“哎哟，你这书面语太多。我搞不明白，说白了吧，就是让他们给咱们提供更多线索，而不仅将其作为嫌疑人看待。”

“那万一真是嫌疑人呢？”

“那就一个字，冲上去，抓。”邢敏不知何时来到车前，开门上车。

“你，你醒啦。”

“行啊，长本事了，知道甩了我了。”

“不是，周老心疼你睡得香，不忍心叫你。”

“你呢？”

“我，我这不是也想锻炼一下自己吗？”

“不担心你的美容觉了？”

“担心啊，你看这晚上脏的。唉，可谁让我是警察呢？”

“这话说的，够上报告会了。”

邢敏睡得酣畅，心情自然好了许多。她知道老周早有此意，所以不费吹灰之力就寻到了二人的踪迹。

只是她还没想好怎么能让那个本来就投诉他们无端抓人的司机配合他们交出手机。此时，那人就在不远处，跟司机们发着牢骚。声音之大，能穿透几条街，而他忧国忧民的远大情怀也足够感天动地。

“你说那太空上的事他都能跟现实生活结合起来，真是也没谁了。”梅硕越听越不靠谱，禁不住发起牢骚，“这样的人您指望他协助工作？”

“这种人一般对男人比较抵触，如果换作女性，可能稍有收敛。”老周回头看看邢敏。

“别看我啊，我可是约等于的女人，别指望我跟人说软话。”邢敏故意粗声大气的。

“没让你粗声大气，你就实事求是，往那一站，磁场就是效果。”老周真诚地说。

“当真？”邢敏有些心动。

“必须啊。”老周信誓旦旦。

“别上当。这个季度你已经有一个投诉了，小心绩效泡汤。”梅硕的提醒也是真诚的。

邢敏笑笑：“你都是警察了，我能不是警察吗？走着。”

邢敏下了车，向那些早就循声而望的司机走去。

“师傅们，忙着呢？”邢敏大方地打着招呼。

司机们大多礼貌地应着，有的还回以善意的微笑。只有那个忧国忧民的人，歪着头，斜眼瞄着邢敏，不说话。

“刘师傅，我看您这会儿比较闲，能否借一步说话？”邢敏掏出工作证。

“哟，警察啊。”司机们开始议论起来。

“这么年轻漂亮的女警啊。”

“老刘，你这是摊上事儿了，好好配合人家警花办案。”

刘师傅终于挂不住了，用一贯不友好的语气质问起来：“你们有完没完？上次不是都说清楚了？怎么又来了？”

“真不好意思，上回我们忘了个很关键的细节，这不，怕耽误您时间，我特意挑了这会儿您不太忙的时候跟您聊聊，您看行吗？”

邢敏居然笑了。她自己都感觉到脸上肌肉陌生变化带来的效果。她的笑容应该是真诚而美丽的。刘师傅居然收回了身上的刺儿，顺从地请她到自己车上谈……

五分钟后，邢敏得胜而归。尽管收获不大，但是能用那样的态度说话，对邢敏而言本身就是一种质的飞跃。

“嗯，挺好。下一个小梅来。”老周像个教官，安排着对学生的考试。

“我，我对柯正华没感觉，你给我换一个。”梅硕说完才发现，那堆司机里没有柯正华的踪迹。

“还是你那个老熟人。”老周挥挥手里的照片，向另一边的角落努努嘴。

一辆出租车远远停着，上次那个文艺男中年目光幽怨地看着天上的月亮。梅硕清清嗓子，走过去。

由于距离较远，那人又是轻声细气的。邢敏支棱着耳朵使劲儿听，也听不到二人说什么，只看见，不一会儿那人就将手机交给梅硕，让梅硕给自己与月亮合了影，然后二人双双进入车内。

“这小梅，行啊。这么快就赢得信任了!”

“在这点上，你要好好跟人家学学，性子用不着那么刚烈。”

“哎，周老，我怎么觉得您这是在有意调教我们呢？”邢敏忽然明白了什么，“那前两天，你的失控……”

“我是受刺激了啊，我不受刺激能那么颓废吗？人总要有……”

“打住吧。您是有意停住自己的脚步，让我往前冲，对不对？”

“这也没毛病啊。毕竟你是探长，我们都是协助你的啊！”老周坏笑着，看着双目圆睁却没有一点儿怒意的邢敏。

“你让我说你，实际上，就是在说我自己？”邢敏瞬间明白了什么。

“没错啊。我不是说了人需要发泄，只是每个人发泄的方式不同罢了。”

“好你个老周，我……”

“丫头，你是个好苗子，就是性子……不太适合当警察。我得帮帮你，哈哈！”老周说笑的工夫，梅硕已经满载而归。他不仅翻看了文艺男中年的所有社交软件，还从与他的交流中获得了一个重要的信息——柯正华从不接受中心调度，而且拒绝安装专车呼叫软件。理由是，自己玩不转那些高科技的东西。

“还有一个是，他拒绝被GPS定位。”

老周有点儿激动：“小梅，你的大数据分析，绝对有用。”

5

老周一个人静静地坐在车里，守在柯正华家大门紧闭的小院外边。他故意没让邢敏他们一起来。他只想一个人，静静地客观地再次感受一下这个所谓超级好男人的磁场。

天快亮的时候，总有一阵黎明前的黑暗。老周不记得自己是第多少次看到了这种黑暗。望着黑洞洞的前方，他的脑子里闪现出十几年前守在村边的土坑里，等着抓捕他认定的第一个嫌疑人的情景。

那天也是这样，天出奇得黑。初冬的农村旷野，早已是寒风凛冽。老周却一点儿不觉得冷，他被即将胜利的兴奋激荡着，身上好像着着一把火。他脑子里想的都是结案以后，自己如何一雪前耻，如何重新赢得领导的认可，同事的信任，如何再次回到早已支离破碎的家……

一切都像卖火柴的小女孩点燃的那些火柴，不可抑制地出现，然后毫不留情地离开。他不仅没有抓到自己认定的嫌疑人，还因提前暴露了警方意图，影响了兄弟单位经营很久的一起大案的侦破。从此，他彻底成为大家耻笑的对象。也是从那时候起，他开始了这种自我放逐般的一个人的探案……

如今，十几年过去了。他也时常反思，却再没了那次的那种幻想。一开始，他还不太明白，后来，当佛系的说法开始流行以后，他给自己想法的变化找到了解释。他释然了，放下了。他不再用责任、使命、担当这类高大上的词汇绑架自己了。他只让自己记住——我是警察，似乎就足够了。

远远传来一缕灯光。随之，嘈杂的车况伴着不健康的马达声，柯正华的出租车慢悠悠地驶了过来。老周提前钻出来，站在路边。车还没停稳，柯正华就跟老周打起招呼，那样子一如多日不见的老朋友，让人难以相信，他们上次见面距此时不足24小时。

“周警官，这是又要我帮忙吧？看您，打个电话就行了，我过去很方便。”

“总是麻烦您，我都不好意思了，但是上边的意思，又不能不落实，唉……”

老周客套着，马上转入正题——要查看柯正华的相关软件。柯正华仍是十分配合，直接把手机交给老周。

“我对这现代玩意儿实在不灵，您自己看吧。”

“现在都用软件叫车，您没装这东西，是不是影响生意啊？”

“我这路线固定，从南到北，就那么几个固定的点儿，拉了活儿就走，用不着啊。”

“也是，现在出租车的确供不应求。”

老周摆弄着柯正华落后的、不具备智能功能的老年手机，眼睛往车里瞄着。

“哟，周警官，您这回不会是怀疑到我头上了吧？”柯正华仍是满脸笑意，眼睛里放着和善的光。

“嗨，我们那些小年轻的不是搞什么犯罪心理研究吗？这不又重新画了一个圈。我们这些干活的，可不是人家指哪儿我打哪儿，例行检查，您别在意。”

“理解，理解。”

话说的这份儿上，老周再无顾及，开始围着出租车转起来。柯正华小心地跟在车后，表情再无从前的从容。老周忽然停下来，用脚蹬了蹬车后轮胎。

“你这车，亏气啊。”

“啊？不应该啊。”

“肯定，你看，这边都快翘起来了。除非……”老周的眼睛盯着紧锁的后备厢，“你这后边，藏了个重东西。”

老周回过身，示意柯正华打开后备厢，发现他早已脸色通红，满头大汗。

“周警官，您饶了我吧，我真是，真是第一回，我……”

老周并不说话，仍用动作示意他打开后备厢，自己警觉地后退半米，保持安全距离。柯正华哆哆嗦嗦将钥匙插进锁孔，猛地打开后备厢，自己后退半步，蹲在地上。老周明知道一切不会那么容易，却仍抑制不住心中的狂跳，一跃上前，看个究竟。

后备厢被两块形状独特的巨石塞得满满的。

“这是我瞄了两个月，好容易下决心从人家施工工地偷的。我错了，我还回去，这就还回去。”柯正华抱着脑袋，老老实实交代着。

“你弄这家伙回来做什么？”老周故意放松语气。

“我那个阵，大师说最好换两块大点儿的石头，否则镇不住。那讲究的大石头，我哪买得起啊，所以就……”

面对如此老实的犯错者，老周还能怎样？只能跟着他，驱车数十里，来到一个正在施工的院落。柯正华真的没有说谎，两块石头的印记还在。为了成全其改正错误的决心，老周不得不帮着柯正华将巨石放回原地。腾空的后备厢恢复了柯正华的整洁。老周自然毫无发现，除了那一如既往的消毒水味儿。

6

折腾半宿，老周疲惫地回到办公室。邢敏没问他去哪了，只递过来临市传来的详尽的柯正华的情况报告。一切与梅硕之前调查所得毫无出入，只在其婚姻状况上做了有益补充。2005年，柯正华经人介绍认识了本单位女职工罗素梅，并于当年结婚。婚后不久，罗素梅因宫外孕失去了做母亲的权利，从此郁郁寡欢，终积郁成疾，罹患重度脑血栓。人虽然救治过来，但是全身瘫痪，生活不能自理。为了让妻子能重新站起来，柯正华带着她看遍了附近的名医，可治疗毫无起色。罗素梅不愿拖累他，服安眠药自杀未遂，成为植物人。柯正华不离不弃，希望用自己的爱意换回妻子的生存意识。怎知，收效甚微。为了激发妻子生存的愿望，柯正华才听从医生建议，举家迁回罗素梅的老宅。

“如今，快一年过去了，罗素梅的意识越来越模糊，睡觉的时间也越来越多。柯正华情急无奈，才请了风水先生，希望一切能有转机。”梅硕接着补充了柯正华居住地管片民警反映的情况。

“周老，我觉得柯正华这边，我们暂时可以放一放了。你我的直觉论本身就不科学。”邢敏的优点是，从不耻于否定自己的观点。

“我只是觉得这么完美的好男人打着灯笼都难找啊。”老周没有再坚持，重新回到黑板前，看着那些被害人名单发呆。

邢敏知道老周担心什么，他们已经做了能做的一切，调查却又回到了原点。这是流窜犯罪的难点，也是侦查工作中最怕遇上的。同一案件，老周已经两度遭逢此境，定是心绪难平。可她从来不会劝人，根本不知道，在这种情况下，自己能说些什么。

“周老，您别急，只要那个恶魔还会作案，咱们就还有机会。”梅硕没头没脑地冒出来一句劝慰的话。邢敏暗叫不好。

果然，老周怒吼道：“那是用人命换来的机会，你敢要，我可不敢。”

这就是一线侦查员最鲜明的特点，在案件胶着阶段，一丁点儿刺激或者言语失当都会引来莫名的怒火。邢敏多年在刑警队摸爬滚打，早已谙熟此律。可怜梅硕混迹研究室，哪里知道这个规律，早被老周的样子吓得不敢言语。三人尴尬静默着，好像守着一盘残局。

法医小张的出现，打破了压抑的氛围，给大家带来了缕缕清风。经过动物实验，杀害关红的凶器得以确定，凶手就地取材，随手将用于固定卷帘门的锥形插销插进死者的静脉，一下毙命。不过，伤口周围的肌肉边缘变化的原因尚不能解释，要等省厅相关专家分析后确定。

“究竟是什么原因造成他不但改变了杀人规律，连杀人手法都变了？”梅硕自言自语。

“就地取材只有两个原因，一个是不得已，顺手抄家伙就上；另一个就是蓄谋和必须。”邢敏回忆着现场情况，努力开发者脑洞，“现场明显没有打斗痕迹，死者明明是任其摆布。这说明……”

“走吧，现场会回答所有的疑问。”老周拿起车钥匙，向门外走去。

老周将车停在废旧厂牌的旁边，建议大家步行进入，寻找线索。理由是，亲自寻找感觉。的确，梅硕已经查验了周边监控，只是厂区里呈废旧状态，根本没有监控设备。离开了先进的科技设施，人的观察和感觉就显得无比重要了。

厂区里连灯都没有，梅硕打开手电，走在最后。老周慢慢地走在最前边。邢敏只能压着脚步，默默跟着。一路上，碎石、垃圾很多，有的地方还长起半人高的野草。老周不慌不忙地走着，却不做任何查验动作。一直走到那个已经因为发案而贴了封条的仓库门口，他才忽然停住脚步，猛地转过身，问两个年轻人：

“走了这一路，有没有一点儿启发？”

“荒凉，黑暗，破败……”梅硕感性地形容着。

“没让你写诗。”邢敏大概明白老周的意图，努力搜索着表达的方式，“这里这么荒凉，没有监控，没有看门人，很少有人来，说明凶手对这里很熟悉。”

“对。他熟悉这里才选择这里。还有——”老周肯定着邢敏的说法，继续启发着。

“还有，还有一路上那么多草丛、废旧厂房，他可以随便抛尸，偏偏把尸体扔在了那个注定每天都会有人去的废纸仓库。”

“嗯嗯，门一开，尸体第一时间会就让人发现。”梅硕补充着。

“小梅，用你的犯罪心理学分析一下，他这样做的心态。”老周眼睛里冒着光。

“他想，他想让人们第一时间发现尸体，这说明他在炫耀，在显摆……他在挑衅，在示威。”

“有没有一种可能，他需要人们发现这个尸体，从而证明什么？”邢敏继续猜测着，“或许跟那起贩毒案有关。”

“我们先不掺杂别的，只说我们自己的案子。”老周让大家把住思路，随即按动开关，打开卷帘门。仓库里的声控灯自动亮了，地上用白色粉笔勾勒出的尸体的轮廓和深色血迹还十分明显。老周走到尸体印记边，伸开双臂丈量着。邢敏索性躺在尸体的位置，让老周感受尸体与卷帘门的关系。

“哎呀，你，小敏，你恶不恶心啊。”梅硕对血腥味敏感，仍捂着鼻子。

邢敏没听见似的，故意四处看着，忽然她有了新的发现：“快，梅硕，把门放下来，别放到底，放一半。”

随着梅硕的操作，卷帘门缓缓落下。邢敏指着越来越近的门底大叫起来：“看，血，喷溅血。”

她迅速爬起身，用手电照着，继续搜寻血液的走向。卷帘门下部果然也有大片喷溅血和少许擦蹭血迹。

这一发现非同小可，队长亲自带领技术组成员再次复勘现场，最后得出关红死于卷帘门之后的结论。按照设定好的卷帘门开关时间推断，关红的死因和死亡状况也得以复原——案发前日至次日卷帘门开启之前，凶手将吸毒过量的关红带到仓库，并捆绑结实后，抵在卷帘门后，用插在地上的锥形插销刺伤死者，造成喷溅状血迹后离开。次日中午12点，卷帘门准时开启，重伤未亡的关红倒在大门口，因无人发现，流血过多，死亡。

据此，大家一致认为，此案与连环杀手无关，系模仿案。联系到今日网络、电台等各种媒体对案件添油加醋的报道，邢敏不得不接受这一观点，只是强烈的直觉令她仍不能对那条叠得平平整整的红裙子释怀。

第七章　出师未捷身先死

1

看着监控里，关红穿着那条红裙子最后出现的视频，邢敏仍然认为这一扮相，对那个杀人狂魔具有绝对的吸引力。怎奈，她来来回回将录像看了无数遍，关红的身影随那个不能确定的出租车消失之后便再无踪迹。

梅硕仍在完善他的大数据分析系统。过多细节录入，已经让计算机无所适从。原来那些漂亮的饼状图、柱状图，因变量细碎，变得无比怪异。

老周抱着双臂，塔一样一动不动地盯着被害人列表已经有一段时间了。邢敏怀疑他经不住连日的疲劳，站着睡着了，悄悄走过去，看到的是老周炯炯有神的双目。

“哎哟，吓死我了。”

“你那是先入为主。”

“谁让您半天没动静，我真以为您睡着了。”

“静止是思考的最佳姿势。”

随着关系的亲近，邢敏发现老周经常能蹦出一两句有意思的金句，断定他应该是个，或者曾经是个很幽默的人。只是案件压力太大，阻碍了他这方面的才能。

“静止还是最好的催眠方式，小生求求大家了，说说话吧，要不然我就睡着了。”梅硕瞪着带有明显黑眼圈的大眼睛，满脸无辜地看着他们。

看着他的样子，邢敏心里一阵心疼，要不是她将这个单纯的大男孩带进了这个永无止境的怪圈，此时他应该在自己舒适的家里睡着美容觉。

都说努力就会有回报，他们已经苦熬了两周之久，案件依旧毫无进展。一阵莫名的委屈袭来，邢敏鼻头一酸，几乎滴下泪来。她这是怎么了？自从父母离世，她已经好久没有掉过眼泪了。为这个案子，她已经伤心落泪过两次了。一次是陪受害者家属留下同情的泪；另一次是与过去诀别，淌的是呼唤新生的泪。两种泪水，人之必有，流便流了，没什么大不了的。可今天这个算什么？软弱？绝望？还是认输？邢敏恨不得给自己一巴掌。在她的字典里，可以有失败，但不能有认输。她必须振作起来。

“哎哟，又半夜了。小梅……”邢敏使劲搓搓脸上僵硬的肌肉，故意用温柔的语调求梅硕出去给大家寻点儿夜宵。

“勿安完，原来伺候一个，现在伺候俩。说吧，想吃什么，小生这就去办。”梅硕是真困了。他必须活动起来，才能保证自己不睡着。

“随便整点儿就行了，不急啊，保质保量。”老周忽然插话，这让邢敏很不习惯。她疑惑地看着又回到黑板前的老周，琢磨不出所以然。

“行了，别看我了。过来看这些数字。”老周像长了后眼，梅硕刚一出门，就给站在后边看他的邢敏发出了指令。

邢敏撇了撇嘴，一边为自己的洞察力打CALL，一边随意看着老周描出来的几个数字——60，30，15，7，3……几条红色的虚线将数字和受害者名单对应着。邢敏瞬间明白了老周的意思，那是凶手近期作案的规律。如果算上关红案，今天将是再次发案的日子……

车子在酒吧街的拱桥边停好。老周默默熄了火，目光转向窗外。邢敏钻到黑黢黢的后排，从袋子里拎出一条红裙子。

“死人的东西，你真的不膈应？”老周看着不远处的灯红酒绿，悠悠地说。

邢敏看着那条款式明显过时的裙子，眼一闭，套在身上：“没准，她活着的时候，根本没机会穿，就当我替她试试吧。”

“我这是违规。你别学我啊。”老周苦笑着。

“我这不请示不汇报，单独行动，就是跟您老学的。您啊，撇不清。”邢敏利落地拉上拉锁，趴在椅背上，“像吗？”

老周抬眼望着后视镜里浓妆艳抹的邢敏，禁不住笑了。

“别说，还真……挺好看的。”老周由衷地说，“女孩子，还是打扮打扮好。”

“哎呀，说什么啊您。我让您看看我那气质，嗯，还有眼神，像不像那种……”

“那肯定不像。”

“人不被逼到一定程度，出不来那种神态。”

“那我就追求个神似得了，起码这红裙子能给他带来感官上的刺激。”

“你想好了要这么做？”

“周老，这都临门一脚了，您别给我泄气啊。”

“可咱这么干，真违规。”

“那怎么办？等着那个魔鬼用另一具尸体再给我们机会，还是等着咱们的猪头队长一层层地请示汇报？”邢敏把嘴唇上的红色往苍白的两颊抹了抹，像是给自己打气，又像是说给老周听，“好啦，完美！”

“你这个丫头，怎么跟我似的一脑袋反骨。小心跟我一样，一辈子劳碌，到头来……”

“到头来，能堂堂正正说一句‘我是警察’就知足。”邢敏打断老周的话，“咱们现在干的就为了这句话。行了，老头，我就一个要求，看好了啊。”邢敏收拾停当，打开车门。

“哎，小梅要是打电话找咱俩怎么办？”

“先关机。您老忙不迭地把他支出去不就想留一个循规蹈矩的吗？”

“我是想咱不能全军覆没了啊。”

“哎呀，人上岁数就容易拉抽屉。行了，我走了。”

“别害怕，我这盯着呢，真有事，一脚油门我就冲过去。记住，千万别逞强。”

老周念叨着，邢敏已经走过小马路，登上拱桥。她没有回头，手背在身后，向老周做了个胜利的姿势。

随着裙袂摆动，老周发现邢敏居然穿了双高跟鞋。没膝长裙被细高的黑色鞋跟挑着，随着脚步的起伏，灵动地摇摆着。抹肩窄腰设计的款式，虽有些过时，但仍能完美衬托出女人的身材。

为了保暖，邢敏给红裙子配了一条米白色披肩，冲淡了红色的媚俗，增添了淡雅和柔美。此时，邢敏已走上桥头，微风吹乱了她不知从哪儿找来的大波浪卷发。她故意在桥上停下来，左观右看。灯光下，她的面容清丽，身材颀长，尤其是那条裙子，红得格外夺目。

一时间，老周有些恍惚。他使劲儿揉揉眼睛，又掐掐自己的腿，才确定不远处桥头上的女孩不是十多年来，一直在他梦里奔跑的花季少女，而是一小时前还跷着腿，瘫坐在转椅里愁眉不展的邢敏。

老周莫名地紧张起来。他赶紧调出手机里第一起案件受害人的复原照片——小圆脸、大眼睛、薄嘴唇和顽皮上翘的尖尖的小鼻子……如果换上干练的短头发，活脱就是另一个邢敏。老周立即明白为什么自己刚刚产生这个念头，就被邢敏积极附和；而用不着准备，她就从更衣柜里拿出高跟鞋、假发套和一应俱全的化妆品。看来这丫头早就看出自己与第一受害人的相似之处，早在偷偷酝酿这个冒险的计划。

老周激动地开门下车，他真想马上告诉邢敏，不管案子是否侦破，他都感谢命运给他安排了这样一位深知他心意的搭档。伫立桥头的邢敏似乎了解了老周的心思，向着车的方向，坏笑一下，转过身，向灯红酒绿的街口走去。

2

夜深了，街上的人和车都很少。邢敏孤单地站在路边，来回溜达着。安全起见，她和老周约定，她只在能够经过车辆的巷口游走，以保证不离开老周的视线。可站了好一会儿，她发现根本没有车，更没有人从自己身边经过。她有些沉不住气，眼睛开始向街里边热闹的所在望去，脚步也禁不住迈向那条根本不能经过机动车的窄巷。她觉得起码要让人家看到自己，否则真是浪费了自己的一番心血。

邢敏的确早就看出自己跟那张复原的死者照片十分相像，尤其是那长长的披肩发。曾几何时，她也有那么一头乌黑的长发，那是她特意给他留的。因为他不喜欢短发的女孩，她便一心一意留了好几年，直到长发及腰……为了斩断情丝，她一度留过好几年寸头，成为名副其实的假小子。后来，她明白感情跟发型没关系，才逐渐恢复正常女性的发型，只是再没有耐心和勇气重留长发。现在的同事根本无法想象长发的她是什么样子。所以，那张照片被无数次放大在投影仪上，居然没有一个人看出其中端倪。邢敏暗自发笑，原来男人的本质还是粗心。这是生理结构决定的，即便梅硕那样的异类也不例外。想起梅硕，邢敏有些想笑。不知道他弄了夜宵回来发现被她耍了会做何感想。以他的个性，除了用文明的词汇挖苦她两句之外，基本上只能化愤怒为食量。没关系，等到报功的时候，好好渲染一下他科研成果的作用，争取让他拿到今年的科研经费就行了。再说了，她和老周不谋而合地不让他参加行动，也是为了保存有生力量。万一上边追究下来，或者真出了什么事，家里总得有一个写报告的。

邢敏胡思乱想着，不由走进了那条窄巷。巷子里灯光昏暗，曲曲弯弯的，一眼望不到头，而每一个暗影里的角落，都好像藏着可怕的罪恶，随时可能将一切美好和良善吞没。邢敏必须承认，她害怕了。黑夜给人的恐惧，势不可挡地包围了她早被寒风吹透的身体。她下意识地回过身，疾步向回走去。老周果然紧张地跟过了桥头。他抽着烟，蹲在巷口，一脸焦虑，四处看着，好像一个等待夜归女儿的父亲。

老周见邢敏走出窄巷，用眼神示意她不要走远，默默退回自己的位置。邢敏悄悄舒了口气，为自己瞬间的胆怯害羞。有老周在，她还担心什么呢？她继续在无人的街道上徜徉。寒冷和饥饿让她又开始胡思乱想。一开始，她想的是梅硕拿手的鸡汤小馄饨，每次她都嫌鸡汤太腻，现在想来，要是出门前灌一碗热乎乎的鸡汤，该是多好的享受啊。接着，她竟想起那些活在这寒冷暗夜里的女孩，如若他们没有固定的客人和特殊的门路，大概也只能如她一般穿着单薄的衣服，在寒夜里招摇，抑或到那些热闹的场所灌酒卖笑。可无论哪种方式，生活在黑白颠倒的人生里，总不是什么好滋味。以后要是没有案子，自己一定要按梅硕说的，坚持睡好美容觉。现在，她真困啊。在静谧和无聊中，熬了几个通宵的神经变得疲软麻木，脚下缓慢的、有节奏的脚步声早已变成最好的催眠曲。邢敏的眼皮亲热地一次次拥抱着，她索性褪去肩头的披肩，用寒冷保持最后的清醒。

老周也是又累又困。他一支接一支抽着烟，眼睛一刻不敢离开不远处那团红色。刚才邢敏忽然不见了，他吓坏了，不管不顾就跑了过去，直到看见邢敏呆站在窄巷里，才放下心来。他知道那丫头不甘心他们的冒险行动没有结果，她想尽自己所能，将一切做得更好。不过，她真的长得太正直了，有哪个心怀不轨的人会去招惹她呢？估计连那些心存爱慕的男孩，看到她纯洁正派的脸，都不敢轻易去撩拨。老周忽然想起梅硕受气包似的表情，立即明白了二人明明互相有意却走不到一起的原因，阴盛阳衰总不是正常的现象。回去以后，他要好好调教一下那个傻小子。怎么玩电脑玩得都退化了，连恋爱都不会谈了？想当年，他们刑警队那帮小伙子，哪个不是撩妹高手？自己条件不怎样，还成天加班累得贼死，娶的媳妇可各个如花似玉，一个比一个漂亮。那靠得可不是默默无闻的关心、体贴，更重要的还是嘴上功夫，外加“老子天下第一”的那股子霸气。要说梅硕，哪都好，缺的就是这股阳刚气。

老周的八卦想法想得差不多了，天儿也快亮了。热闹的酒吧街正送走最后的客人，渐渐恢复宁静。老周暗暗舒了口气，看来，他们不用犯错误了。那个魔鬼没有行动，抑或……老周不由打了个寒战，瞬间清醒了。他碾灭最后一根烟，向车里走去。不管什么情况，他们都得面对。此时，他只想将车开过去，接邢敏收工，回警队抓紧时间养精蓄锐。

随着一阵清脆的铃声，一辆洒水车缓缓驶来。老周只能收起踩在油门上的脚，耐着性子等它通过。谁知，明明在缓慢移动的洒水车，忽然停在了路中间，挡住通往对面的拱桥入口，更挡住了老周的视线。接着，一排水管喷泉一样喷出水流，尽情浇灌着路旁的景观植物。老周的脑子“嗡”的一声，接着他几乎听到一阵狰狞的狂笑，随即他的脑子一片空白——不，不要！老周扔下已经启动却被洒水车挡得严严实实的轿车，冲向桥头……

3

邢敏失踪了，在老周的眼皮底下。

梅硕闻讯赶来的时候，老周坐在窄巷口的石墩上，正在跟手里的空烟盒较劲。他已经回忆了无数遍事情发生的经过——他启动汽车，然后来了洒水车，挡住了他的视线。接着，洒水车停了，他便意识到脱离自己视线的邢敏会有危险。于是，他顾不上熄火，从车上跑下来，几乎是连滚带爬地绕过洒水车，冲上了桥头。可邢敏居然就在这么短的时间里消失了。老周沿着窄巷来回找了好几圈，也没有发现一丝一毫可疑的痕迹，只神经质地认为，自己刚来的时候，巷口有一股清晰的消毒水味儿。

“小梅，调监控，查柯正华，肯定是他。小敏肯定是看到他，才毫不犹豫上了他的车的。她相信，我看着她，不会有危险……”老周颓然低下头，说不下去了。

梅硕本是攥着拳头来的。他想用男人的方式对这个又犯了自以为是毛病的老家伙表达自己的愤懑。可看到骤然老了十岁的老周，他哪还下得去手，只能怪自己平日太“娘”，让邢敏没有安全感，才宁愿去依靠一个年近耳顺的老头。理智告诉他，再多的责怪都于事无补，他必须跟邢敏在时一样，用他的冷静和坚强，给邢敏最后的生机。

梅硕将老周拽上车，第一时间赶回办公室，调看周围的录像。一切都好像是天意，市政改造工程安排的短暂停电正在那个时段。梅硕只看到邢敏红裙飘飘，站在桥头的最后影像。那是他多年未见的风景。不知道从什么时候起，邢敏就不再穿裙子了。梅硕记忆里穿裙子的邢敏还是高中时梳着马尾辫的小胖妞。记得那时候，他经常嘲笑她藕节一样的小腿，气得邢敏追着他满院子跑。原来女大十八变，连身材也会变。等邢敏回来，他一定要告诉她，她比小时候瘦了，脱了婴儿肥，穿裙子好看多了。

案发地的监控空缺，梅硕就尽可能扩大搜控范围，直到越来越多的车流冲击他再也无法冷静的情绪。他猛地站起身，一拳砸向那个他最最心爱的樱桃键盘。键帽四溅中，他只感到疼痛和绝望。他必须承认，没有邢敏在身边，他什么也干不了。

队长不知道什么时候进来了。他总算看出来平时笑不离口的梅硕铁青的脸色，没有将刚才在办公室里发泄的话脱口而出，而是尽量用平和的语气告诉梅硕，老周怀疑的柯正华的行车路线已经查清。他后半夜从火车站拉了个北城的乘客，行车踪迹与邢敏的出事地点南辕北辙，相隔几十公里，不具备作案可能。

“你赶快通知老周，让他不要冲动，小心引起投诉。人家柯师傅已经被咱们麻烦好几次了。”队长最后的意思落在这里，是梅硕想不到的。他以为队长会让他继续跟进对柯正华的调查。

“难道您觉得柯正华一点儿都不可疑吗？”梅硕自知在看人方面没有任何天分和敏感，但他相信邢敏的敏感和老周的经验。

“我没有什么觉得不觉得，我要的是证据，任何时候都要有证据。”

“即使是在你的部下莫名失踪的情况下吗？”

“我说了，任何时候，更何况，他们这是擅自行动，必须后果自负。”

“你……你……”梅硕气得说不出话来，更恨不得扇自己两个耳光。他多想也像其他刑警那样脏话连篇，要不就直接揪住对方的衣领。可他做不来，即使现在他也做不来。他只能急促地喘着气，憋得满脸通红。

“行了，现在急也没用。我给你几个人，先扩大监控范围，靠你一个人，看瞎了你也没用。”队长终于没有再强调他的证据，说了句情理之中的话。其实手下出事，他又何尝不急。

梅硕一向是给点儿阳光就灿烂的人，看到队长主动支持，立即来了精神，并在脑子里迅速勾勒出精确到经纬度的查控方案。他就不相信，一个大活人能人间蒸发。

不到半小时，梅硕的网络查控小组就组建起来。十几台电脑加上五六个精通电脑的年轻警员，梅硕如虎添翼，立即将自己的大数据分析软件介绍给大家，并耐心指导使用方法和各种关键。他唯一没有告诉大家的是，他之所以对自己的这个程序这么有信心，是因为他在程序里的人脸识别系统中，为邢敏定义了多于常人30%的识别点数据。也就是说，只要邢敏在视频中露面，她就会比别人多三成被发现的概率。这是梅硕的小秘密，他本来不会告诉任何人。可此时，看着程序里无数陌生人的面孔流水般飘过，梅硕暗暗对自己说，只要小敏回来，他就把这个秘密告诉她。

4

梅硕忙碌的时候，老周也没闲着。他根本就没回警队，而是半路下了车，直奔环卫公司，找那个洒水车司机对峙。司机被老头的气势震住了，忙不迭拿出工作流程，证实自己的所作所为虽然违反交通规则，但是符合工作守则，在车流稀少的凌晨，从未造成任何交通事故。老周意识到自己的态度生硬，只得尽量放松语气说明来意。司机果然提供了重要线索——他的车停靠路中时，曾看到一辆出租车停在河对岸。可出租车什么时候离开的，又是往哪个方向走的，他实在没有注意。

出租车的线索刺激着老周的神经。他将此情况向队长汇报后，马不停蹄地赶往柯正华家，他仍不能忘记那股消毒水味，执着地认为那个味道绝对不是自己的想象。

一拐过弯，老周就看到柯正华的出租车安安稳稳停在老地方。按照柯正华的作息，这个时间，应该是他收车回家补觉的时段。老周快步走过去，隔着车玻璃向里看。忽然，一个大脑袋挡住了他的视线。老周下意识后退了好几步。车门随即打开，柯正华打着哈欠，伸着懒腰钻了出来。

“我说周警官，您这是有完没完啊？”

“昨天凌晨四点到四点半你在做什么？”

“出车啊，我能做什么？”

“在哪儿？”

“北纬路一带吧，我记不清了。一般那时候我都该往回走了。”

“你，你怎么在这儿？”

“我啊，困了，在车里眯一会儿。这也犯法？”

“你有家不回，在车里……”

“我就这儿睡得香，碍着您哪儿了？”

柯正华终于被激怒了，话也就不那么好听了。

“打开后备厢。”老周并不顾及他的态度，强硬地命令着。

“唉，行，行，谁让您是穿官衣儿的呢？”柯正华笑着，瞬间恢复常态，拔出车钥匙，走到车尾，果断打开后备厢。

汽车的报警系统不依不饶地叫起来，车尾灯也随即乱闪着。老周克制着内心的烦乱，默默走过去。后备厢里自然空无一物，保持着一如既往的干净和整洁。老周缓缓关上后备厢，转向柯正华，一字一顿地将邢敏失踪的事告诉了柯正华。

柯正华流露出真诚的担心和惋惜，还表示会联络自己的朋友和工友，一起帮助提供线索。老周似乎彻底被击垮了。他谢绝了柯正华送他回警队的好意，疲惫地转身离开。

柯正华望着那个衰老的身影，默默摇摇头，拎着茶杯子，唱着小曲回了家。

老周并没有走远，拐过一个死弯，他便停下脚步，敏捷地钻进路边的小卖部。一夜奔波，他的确累了，需要补充给养。小卖部实在太小，柜台外站上一个人就显得十分局促。无奈，他向老板娘亮出工作证，得到进入柜台里边的礼遇。老周买了碗方便面，泡面的工夫，他开始跟老板娘唠起家常。虽然老板娘并不是本地人，可也在这里开了五年铺子，对周围邻居都比较熟悉。像每个城乡接合部一样，这里的居民结构已经发生改变，多数住户是外来打工人员，正经的本乡本土人早就搬走了。有数的几家基本是故土难离的老年人。

“街顶头那家开出租的，您熟吗？”老周不经意地问着。

“您说柯师傅吧？熟！那可是个大好人。我们这儿怎么说也是城外，买东西过日子倒也罢了，就是这买药看病的不方便。多亏了人家柯师傅呢。”老板娘由衷地夸着柯正华的为人。

“哦，听说他家那位，身体不太好？”

“可不是吗？听说是植物人根本不能动。”

“那您见过他妻子本人吗？”

“见过两次，都是柯师傅带着去看病的时候。哎，要说柯师傅也是不容易，怕是生活压力大吧，这进进出出的，也舍不得买个轮椅。”

"您是说他每次带妻子看病都是自己背着病人？"

"那可不是，每次都是捂得严严实实地从家里扛到车上去。我还帮着开了两回车门呢。"

"他们经常去看病吗？"

"也不是，原来柯师傅说了，两月复诊一次。不过我看最近好像勤了。昨天我还看到柯师傅背着老婆出去。"

"昨天？什么时候，大约几点？"老周激动着，几乎打翻碗面。

"那看病嘛，肯定是上午，跟现在差不多时间吧。"

"不对啊？"

"对，没错，就是这个时间。我还给他拿了瓶矿泉水呢。"

老周三口两口吞下碗面，辞别老板娘，重新来到柯正华的小院外。树影掩映中，三间破旧的小矮房被古朴的篱笆墙和木栅栏包围着，显得阴气逼人。要不是门口崭新的出租车，真令人有种恍如隔世的穿越感。

老周发现院外一棵大杨树几乎压倒院墙。他看看四周，深深提了口气，敏捷地攀上树梢，又借着惯性，搭上矮墙，轻轻一跃就进了院。老周拼命克制着自己急促的呼吸，暗自感叹岁月催人老，年纪不饶人。要搁20年前，这种高度的院墙，他能徒手翻越，根本不用借助外力。好在轻巧伶俐的本事还在，轻微的响动并没有惊动屋中人。

柯正华正在给妻子喂药。他将药片溶在水中，用筷子头一点点碾碎，才一手扶着妻子的头，一手娴熟地掰着那个已经没有张合功能的嘴，小心倾倒着药水。病人似乎并不配合，药液不断从嘴角溢出。柯正华托头的手只能暗中使劲儿，变换角度。病人凄厉地"唔"了一声，眼睛忽然睁开，瞪着柯正华，两行泪水无声地淌了下来。

“你看看，弄疼你了吧？你要好好吃药，能受这个罪吗？真是。快，咽了，别闹。”柯正华小声哄劝着，小半杯药水总算是喂进了病人的身体，“哎，这就对了，睡觉多好啊。我要是能睡得着，我也想跟你似的，天天睡觉。可惜，我不是睡不着吗？来，乖，闭眼，睡吧，睡吧。”

病人的眼睛又失神地睁了好一会儿，才终于涣散了最后的精神，缓缓闭上了。柯正华又端来清水，小心清理了病人脸上的药渍，才掀开被子，为病人擦身。

“你看你又瘦了，这么下去，还能坚持多久啊？”柯正华熟练地摆弄着那具毫无知觉的躯体，“嗨，看天意吧，能坚持多久咱就坚持多久，成吧？”

老周偷看着柯正华进进出出忙碌着。伺候完病人，他又开始收拾屋子。随着消毒水味儿四散飘来，老周认定，柯正华擦拭家具、地面，甚至病人身体的清水中都含有高配比的消毒剂。他似乎病态地迷恋那种刺鼻的味道，不仅将能擦的东西都用消毒水擦拭一遍，还将双手放在消毒水盆中浸泡良久，才满足地将污水倒入院外的沟渠。清洁完毕，柯正华满足地看看床上的妻子，关窗锁门，来到院外的出租车里。老周躲在角落里，久久没有等到汽车马达发动的声音，只能顺着墙根摸到院门口。透过栅栏的缝隙，他看到出租车仍停在远处，柯正华早就不见了踪影。

5

柯正华并没有发现老周，他之所以没有开车，完全出于一种变态的敏感。刚才那个躺了十来年的人忽然流下眼泪，让他心里很不爽。他从来都不觉得女人的哭值得可怜，只觉得丧气。尤其是他准备开工的时候，那女人的眼泪热乎乎地落在他手上，他立刻有了不祥的预感。尽管用消毒水洗了无数遍手，但他仍不能忘掉那种女人眼泪特有的酸涩、油腻和腥臭。他无法抑制地冲出房门，扑向唯一能给他安宁的出租车。可看到那辆被自己擦拭得无比光鲜的爱车，他立即改变主意了。那是他为他的纯儿准备的，不能被别人玷污。于是，他拐了个弯，直接上了街对面的公交车。

车上人不多，都是些精力充沛即将进入老年的中年人。他们兴高采烈地憧憬生活的热情一点儿没有影响柯正华。他像每一个身心疲惫的中年人，沉浸在自己的世界里。耳边《甜蜜蜜》的歌声虽然停止，但是旋律的甜腻依然存在。他知道自己必须有所行动，才能摆脱胸口的那团腥热。

路况很好，没用多久，狂奔的公交车就把柯正华带到了目的地——那条暂时冷清的，仍散发着前一晚酒醉金迷味道的酒吧街。柯正华掏出口罩和帽子，将自己武装起来。他不能让那无处不在的摄像头录下自己的身影，更不希望那些腥腻的空气刺激自己本来就开始沸腾的神经。早上不祥的预感已经让人烦恼透顶了，刚才在车上他又想起那些花丛里大红玫瑰的个数……似乎一切都预示着可能到来的厄运。可他就是停不下自己的脚步。一股魔力纠缠着他的神经，让他穿越重重阻碍，回到这个危险的地方。

远远的，柯正华已经看到那个隐藏着他所有秘密的建筑。那是他的中转站，也是他“魔术”的操作间。第一次发现这个地方，他就有种似曾相识的感觉。是的，那个隐藏在他记忆深处的童年就是在那个形状的小楼里度过的。那里有被称为妈妈的严厉的女人，有自称大叔的能把你屁股打肿的男人，还有表面相亲相爱、暗中可以为多得一个馒头而把周围人的一举一动随时上报的兄弟姐妹。小时候的他，曾是个叛逆的孩子。为这个，他没少吃苦头。不过，他最大的优点就是识时务。不知道从什么时候开始，他便练就了顺从的本事，用温和的脾性和谦卑的笑容博得众人的轻贱和忽视。在被人遗忘的角落，他悄悄生长成足以自谋生路的年纪，就义无反顾地离开了那个永远见不到阳光的地方。好多年过去了，他再没回过那里。可梦中的小楼被记忆一遍遍荡涤着，成了面前这副模样。那被烈火舔舐过的痕迹掩盖了岁月的斑驳，将本已破败的建筑变得异常凶悍。为了辨明记忆与现实的真相，柯正华曾悄悄探访过那个小楼的现状。得到的答复竟是，那个他以为的地方从来就没有存在过那样一栋小楼，更没有一所他记忆中的福利院。柯正华迷茫了，经过短暂的“我是谁？从哪里来”的追问后，他渐渐接受了自己的存在只是个意外的现实，并开始相信，每个城市的某个角落都会有一个这样的地方。于是，他释然了。开始放纵记忆深处那个越来越清晰的碎片——烈焰中，一个红裙女子浴火而生，向他款款走来。身后，炙热的烈火逐渐熄灭，变成滚滚血海，终将女子淹没……

柯正华呼吸急促、浑身燥热，每次意识被带到这里，他都会产生强烈的男人的生理反应。那是他多年来一直渴望却从未真正享受的。无法宣泄的欲望，每每化作隐晦的羞辱，将其淹没在无边的疲软中。尊严之火再次燃烧的时候，他的眼中便只有肮脏和罪恶。

稍纵即逝的冲动过后，柯正华愤怒地钻进建筑的地下室。那里，污秽与纯洁并存，两个灵魂等待着他的荡涤和拯救。他必须先选择一个，帮助她实现无火的涅槃。这时，他想到了一直对他紧盯不放的老周。他知道那个老警察是通过气味追踪到他的。可他控制不住，女人无处不在的腥腻，只有消毒剂的味道能够掩盖。只有置身于那种刺鼻的气息中，他的呼吸才能顺畅。现在，早上的清洁已经过去太久了，越来越近的污浊的味道已在慢慢吞噬着他。他得回去，带她回去，回到那些安全的氛围中去。

忽然，柯正华停住了脚步。初来时的迷乱已经过去，隐隐的不安挥之不去。他疾走两步，登上窗台下废弃的油漆桶，透过窄小的地下室天窗，向外望去——破败的后院里，一辆出租车完好无损地停着。

柯正华轻轻舒了口气，露出他的招牌微笑——该开工了。

6

梅硕拉着车顶扶手，努力克制着呕吐的欲望。他没想到以周老的高龄能把车开得如此拉风。时间正值晚高峰下班大潮，拥堵的环路一如既往如大型停车场。老周一早拉响警报，在应急车道和狭窄的车流缝隙中，左钻右躲，疯狂如受惊的老鼠般闯过拥堵路段，终于蹿上不知名的山路。

“看看地图，对不对?”

一路狂奔，老周终于说话了。梅硕赶紧查看手机上的朋友共享位置。半小时前，他的手机上忽然接收到邢敏手机ID发出的位置共享信号。他赶紧召唤仍在柯正华家死守的老周，一同前往地图上显示的位置。

老周一开始对此消息将信将疑，坚持守住无论搬尸体还是运活人都少不了的出租车和柯正华家诡异的小院。梅硕被逼无奈放弃了自己书生的斯文，与老周恶语相向地对骂了五分钟，最后威胁自己将独自前往才迫使老周离开守株待兔的小院，上了他的警车。

争吵给两人带来的尴尬，一直影响着路上的气氛。他们甚至没有交流彼此心情的意愿。可心底那阵隐隐的不安，随着目的地临近，越来越清晰地涌了上来。

“周老，您说小敏还活着吗？”看着手机上的红点儿和蓝点儿逐渐接近，梅硕终于忍不住向老周寻求安慰。

“活着，肯定活着。小敏好歹也是个女刑警，哪那么容易就被制服了啊。”老周开车上山，可速度一点儿未减。

“周老，您不用那么着急，位置显示早就离线了，没准还是误传呢？”梅硕看看四周料峭的山石，安慰着老周，也安慰着自己。

山路越来越陡，天色也渐渐暗下来。看着灰如锅底的天空，梅硕有种不祥的预感。手机嘀嘀报着警，两个位置重合了。

“周老，就是这儿了。”

老周一脚急刹车，警车嘶鸣着停在路边的应急平台上。这是个地势较高的山坳，周边都是光秃秃的山峦，一眼望去，根本不可能有人影。

“你确定是这里？”得到肯定答复后，老周随手抄起车里的警棍，“走，搜山。”

狭窄的公路边杂草丛生，梅硕不管不顾地冲向及腰的草丛。老周忽然吼住他。

“等会儿，先去那边。”顺着老周所指的方向，梅硕看到一片被压到的草丛，立即明白了他的意思。老周并不急于过去，而是低头查验着地上的车辙印记。一条明显的轮胎印儿在这里画了个圆，向山下转去。

“小梅，小心地上痕迹啊。”老周说着掏出手机，用照片的形式将轮胎印固定下来。

“啊——”梅硕的方向传来一声惊呼。

“怎么了？”老周循声赶去，只见梅硕坐在草丛里，下边就是几十米落差的悬崖。

“没事，别怕，我拉你上来。”老周以为梅硕恐高，小心走过去。梅硕无声地举起一个手机，手机壳上贴着一堆小小的刺梅。

那是邢敏的手机。看看下边被杂草遮盖得深不见底的悬崖，老周心头一紧。他下意识地攥住胸口的衣服，嘴里却发出洪钟一样的声音——活要见人，死要见尸！一个手机说明不了什么！

在当地派出所的协助下，第二天一早，老周和梅硕在崖底发现一具高度疑似邢敏的女尸。尸体呈俯卧状趴在一块突出的岩石上。那条老周提供给邢敏的，15年前第一起案发现场的红裙子，套在尸体雪白的躯体上，显得分外鲜艳。

老周脚下一软，几乎扑倒在尸体上。他似乎没有了站立起来的力气，就那么半跪着，伸出布满老茧的手，轻轻拨开尸体的头发。一张被血污和伤痕损毁得不成样子的脸露了出来。老周没有一丝惊厥，好像看到的还是平日里邢敏古板的难得露出笑意的小脸。

梅硕长这么大，没受过此种刺激，远远就停住了脚步。见到老周此番举动，立即明白了一切。他忘了自己敏感的神经对血腥和脑浆的强烈反应，不顾一切地扑过去，要抱住那个早已没有生存迹象的身体。老周不知道哪来的力气，突然一跃而起，挡住他的去路。

“梅硕，你别过去，听话，别过去。”

“你放开我。”梅硕面无表情，见老周并无动作，忽然大吼起来，“放开我，听到没有。”

老周迟疑着，松开双臂。梅硕干呕着走过去，围着尸体转了两圈，终不知从何下手，只能瞪着一双因呕吐和悲痛变得通红的眼睛，祈求地看着老周。

老周默默走过去，拍拍他的肩膀，轻声说：“后边的事，让法医他们来做，好不好？”

梅硕木然地点点头，顺从地跟着老周退到后边，看着已经赶到现场的法医等人来回穿梭、忙碌。

“这儿你就别来了。”邢敏的声音忽然出现在梅硕耳边。他忍不住向已被翻转过来，放进装尸袋的尸体看去。一片红白混杂的絮状物质代替了邢敏清秀的五官。梅硕终于忍不住跪在地上，一阵狂呕，直吐得涕泪横流、胆汁胃液淌了一地，他才气喘吁吁地拉着老周的手，示意他去拉上尸袋的拉链。

“我扶着你，你去拉，行吗？”老周明白他的意思，双手一用力，居然把他瘫软的身体，拎了起来。

抬尸工们早被梅硕惊天动地的呕吐声惊得停下了手里的工作，让到一边。

“周老，我不是害怕，我是真没劲儿。”梅硕趴在老周耳边轻轻说。

“我知道。没事儿，我架着你走。”老周一把将梅硕的胳膊搭在自己肩头，几乎将梅硕颀长的身躯扛在自己身上。不到十米的距离，梅硕走得跌跌撞撞。此时，他已再无可吐，只捂着嘴，拼命克制着一阵阵干呕。他推开老周的搀扶，摇晃着蹲下身子。

“小敏，对不住啊，你知道我不是故意的。我，我……”梅硕说不下去了，只能伸出手，轻轻拎起尸袋的拉链，小心合拢。当袋口仅剩头部的时候，梅硕居然不再干呕了，他直视着那个血肉模糊的头颅，轻笑一下：“你好像把我那毛病治好了，以后，我不再怕出现场了。”说着，他果断地封上了拉链。

第八章　珍贵的猎物

1

接下来的时间，梅硕像变了一个人。他不吃不喝不睡，一直趴在电脑屏幕前，盯着各方汇集来的视频录像，同时出了十几种比对方案，要求其他成员配合他进行交叉碰撞。

去邢敏家寻找生化标本，以确认尸体身份的任务就落在老周身上。老周拿着从梅硕那拿来的钥匙，开了房门，他本想直奔卫生间，找到梳子上的毛发就走。可门口一个硕大的柜子吸引了他的注意力。柜子是倚墙而建的，顶天立体。两扇雕花玻璃门，与屋内朴素无华的装修风格极不相符。老周禁不住打开了柜门。随着柜门开启的是两盏射灯。晶莹的玻璃隔断被灯光衬得像一个个小型珍宝展示台。台上展示的居然是一双双漂亮的高跟鞋。它们大都鞋型婀娜，根基妩媚，各自挂着标签，显示着自己的出身和身价。

老周随手拿了一只鞋，轻轻抚摸着，喃喃自语：“丫头，高跟鞋挺衬你的。怎么平时不见你穿呢？你啊，什么都藏在柜子里，谁能看得到，又有谁知道你的心思呢？”

老周为邢敏的鞋柜拍了照，又拿了卫生间的梳子，匆匆赶回警队。办公室恢复了往日的宁静，只有梅硕一个人在电脑前发呆。

“怎么了？人，都去哪儿了？”

“找到了，老周，你是对的，带小敏上山的就是他的车。”

“不可能，那个时间我正盯着他。他在家里给妻子喂药，车就停在院外。”

“等一会儿人掏回来就知道了。队长亲自带人去了。”

老周将信将疑看着录像，一辆出租车歪歪扭扭地进入镜头，不久就撞在路中间的隔离墩上。一个模糊的人影，慌张地四处看看，又回到车上驾车逃跑了。

“这人不是柯正华。”

“是，我没说是。我说的一直是他的车。”

梅硕居然恢复了说笑的功能。老周看出端倪，将邢敏的梳子递给他，让他自己去找法医。梅硕把玩着梳子，终于告诉老周可能用不着了。那个女尸肯定不是邢敏。

原来，在狼多肉少的刑警队里，动物的天性令那些正值壮年的雄性对异性的一点一滴都很敏感。他们嘴上不说，心里却跟数据库似的，记着每个异性的明显特征。最先提出异议的是队长，他武断地认为，涂着指甲油的手不是邢敏的。接着，法医小张偷偷将梅硕叫到一边，指出两个关键证据——一是头发的发梢是新剪的，而邢敏已经半个多月没剪头了；再一个虽然有损严肃，却是最有力的——去年市局游泳比赛，法医小张和邢敏代表刑警队参加比赛，他清楚记得邢敏穿着时尚的三点式泳装性感迷人，美中不足，背上有一颗大大的黑痣，而女尸的后背，白净光洁，啥都没有。

“这帮伪君子，嘴上没少说小敏是男人婆，眼睛里却没少占人家便宜。”梅硕回过神来，语气里多了几丝愤恨。

“你混蛋！怎么不早告诉我？”老周忽然暴怒了，揪着梅硕的衣领，将其抵在墙上，“你知道，我看着那血肉模糊的尸体是什么感觉吗？”

梅硕仗着身高体壮，竟然一个反手，拧过老周的手腕，用小臂将他翻扣在柜子上，动弹不得。

“这是你该受的。让你逞强，让你自作主张，让你出馊主意……”梅硕说着，眼睛里涌出了泪花，声音也哽咽了。老周并不反抗，任他锁着自己的脖子，梅硕恢复了平日的絮叨：

“我就知道你们让我去买饭是故意支开我。我怎么那么傻呢？千算万算，还是让你们耍了。要是我跟着去，肯定出不了这么大的纰漏。我再娘，再没本事，我也是个男人，冲在最前边的应该是男人才对啊。”

梅硕的唠叨终于变成了呜咽。他颤抖的身体早已没了力气。老周推开他摆设一样的胳膊，拽了把椅子，想要休息一下快散架的身体。梅硕不知道哪来的邪劲儿，一把拽过椅子，将老周甩出去老远。

“你没权利坐这儿，这是小敏的。”他小心地抚摸着椅背，继续发泄，“我不是个男人，每次外出行动我都躲。我不是不想去，也不是害怕，我是怕，怕他们笑我娘……是，我娘气，我不阳刚。可我是真爱啊。我哪儿有什么女朋友啊，我心里的女人从来就只有小敏一个。可我，我不是男人，我连表白都不敢。”

老周呆呆地坐在地上，不动也不劝。他在等待这个终于找到雄性阳刚的大男孩，好好爆捶自己一顿。也许那样，他心里才会好受一点儿。他必须承认，凶手的李代桃僵，着实令他陷入了绝望的深渊。那天看到那具与邢敏那般相像的女尸的时候，他的眼前就变成了一片黑暗。之后的几个小时，他整个人如在梦中。一切的人和事都幻影般在眼前飘忽着。他完全凭借本能支撑着躯壳一样的身体，继续着后边的调查。直到来到邢敏家，看到那个被她布置的如圣坛般的高跟鞋展柜……他才好像被人从梦中摇醒，而邢敏最后的声音也再次传来——周老，看紧了啊，就靠您了……

老周拍下那个柜子，本是想好好跟梅硕聊聊，争取抱团取暖的。谁想他先莫名爆发了一顿。不过，看着性情温和的梅硕终于说出了心声，他还是十分欣慰的。见梅硕喘息着，不再言语，老周才站起身，点开手机上的照片，递到他的眼前。

梅硕没表现出一点惊奇，反而更加伤感地哭出了声。原来，那些高跟鞋都是他陪着邢敏挑的。他知道邢敏从小就喜欢细高跟的高跟鞋。只是这个职业，让她再没机会蹬上那些彰显女人身姿的美履。她便把喜欢变成了珍藏，像灰姑娘一样，宁愿生活在水晶鞋和白马王子的梦里。

老周见他这样，立即明白了其中所以：

“小梅，没有谁比你更懂邢敏。别辜负了她，也别辜负了自己。”老周收起照片，将梅硕从椅子上拎起来，平静地说，“打起精神来，邢敏还等着你表白呢！”

2

队长真的带回了肇事司机。只是车牌是柯正华的车牌，司机却不是柯正华，而那辆车也是被刷成出租车模样的套牌车。

队长亲自挂帅，连夜审问了那个肇事司机。司机没想到警察这么快就找上门，更想不通自己疲劳驾驶撞了路基，怎么就引来了刑警。一番询问过后，他才知道警察感兴趣的是那个与他搭档的夜班司机。说起这位仁兄，司机如遇知音般打开了话匣子。

“警察同志，正好你们帮我好好查查这哥们儿吧。好几个月了，我们愣是没见过面。”司机激动地介绍了他们网上相识，谈成合作意向并商量好交接手续、分配份额的经过后，着重表达了自己内心的疑惑：

“您说一起干了这么久了，我提出大家一块儿坐坐，我做东的要求不过分吧？可人家不但拒绝了，连电话都换了。”

“那你们怎么联系？”

“都是他给我打电话。人家这么神秘，我也没必要热脸贴冷屁股。都是生意，说好地点，提车还车，挣了钱放在车里，就这么简单。”

“那这回车撞了，你怎么跟他说的啊？”

“这不就没联系上吗？我把车送了修理厂，就到换车的地方等他。谁知人家没来。”

“换车地点在哪儿？”

“不远，就那条鸡街。大夜里的，就那儿生意好。”

听到这个情况，一直在外监听的老周哪儿还听得下去，不顾一切地推门而入，打断了队长的审讯。

“不可能，那条街又乱又窄，根本没有停车的地方。”老周自恃对那里十分了解，直接质问。

“是，您说的没错。一般人都不会注意。其实就街口那个原来被火烧了的刘大酒楼，后院正好停辆车。”

“可那是片工地啊，有围挡拦着。”

“没错，没错，打官司烂尾了。酒楼修了一半，没钱了，就搁那儿了。从外边看就是一个围着的工地，实际上那工地后边有一个栅栏，一推就开，没人管。车放在里边，跟私家车位似的，特好。”

老周的脑袋嗡得一下。如此说来，邢敏在半分钟内失踪的事便完全能够解释得通了。凶手肯定是用药物之类的东西，瞬间迷倒邢敏，拖到施工工地藏匿。然后，趁着他们四处寻找，思维紊乱的机会，开车从后边神不知鬼不觉地离开。

“那你昨天接了车，发现什么异常吗？”老周尽量克制住自己的激动，理智地问。

“异常？哦，就是车身特别脏。我那搭档一直都是挺爱干净的。我从来都没有操心过车辆卫生。”

“车里有香水吗？”

“那倒没有，不过经常有消毒水味儿，一闻就知道是做过清洁的。”

老周头脑里迅速闪过几个嫌疑人的样子。一时间，他觉得自己的思维有些凌乱。尽管他已经意识到答案就在眼前，可他需要有人帮他梳理这忽然而至的线索。梅硕忽然出现在门口，向队长和老周招招手。

根据肇事车辆信息，梅硕发现了新情况。

“肇事车大架子号显示的车主是一名叫李纯的女人。我在人口系统里没找到任何该人近期活动的踪迹。所以，我放大查控范围，发现李纯居然出现在省厅15年前的失踪人口信息里。奇怪的是，这辆车居然是五年前过户到李纯名下的二手车。”

梅硕冷静清晰的报告，让老周茅塞顿开。这辆神秘的假出租车已经将15年前的迷雾拨开，到了他们寻根溯源的时候了。

“队长，我请求带梅硕回省城调查李纯。”

“那这个司机呢？”

“请他协助，将车开回原处，继续等待那个神秘的搭档。”

“那个人今天都没出现，明天更不会出现了。”

“我们不是希望他出现，而是告诉他车还在，让他安心。”重新明确思路的老周，换上了自信的眼神，“哦，对了，最好安排技术人员搜一下车的后备厢，没准会有收获。”

没等队长反应过来，老周就推着梅硕往外跑。

3

老周仍然把着方向盘。在这种争分夺秒的时刻，他不想梅硕四平八稳的驾驶习惯，影响到他求证真相的速度。其实，早在看到李纯这个名字的时候，他就有一种似曾相识的感觉。那个名字带着熟悉的味道，在他的脑际缓缓弥散……十几年来苦苦追寻的酸甜苦辣和无数在他头脑里滚过数十遍的线索，排山倒海般袭来。一种清晰的预感撞击着他的心脏。他必须用非比寻常的方式才能压制那股强烈的力量。此时此刻，大概没有比交流更合适的方式了。

“你知道15年前，我回省城走的也是这条国道。那天我们队刚从临县掏回来一个抢劫杀人的。人赃并获，大家都很兴奋。加上连续作战已经二十多天了，大家都盼着赶紧送了人，好回家跟家人团聚。谁想，省城边上的村里就发现了那具女尸。命令传过来，我也没办法，只能兵分两路。一路回去处理抢劫案的后续工作，一路跟着我直奔现场。”

“你不会跟领导说忙不过来，接不了，他不就安排别人了吗？”

“嗨，当时年轻气盛，总想着领导安排这样急难险重的任务是对自己的信任，哪能服软啊。真是，贪多嚼不烂啊。”

老周自嘲地笑笑。他已经不太记得自己一般如何解释这件事的了。真是年轻气盛，虚荣逞强吗？当时的他，早已过了生猛毛躁的年纪，更不会为了一起案子跟人一决高下。十几年来，每每扪心自问，他总在这里卡壳。其实，他知道，自己是无法面对生命中那个曾经急功近利到极点的自己。那时的他们，每天被抓人破案的指标逼迫着，被数字评比之类的竞赛推动着，再加上那些竞争上岗、能力说话的所谓正向激励机制……他觉得整个人都生存在一种极度亢奋的状态中。他生命的全部意义都是抓人破案，立功受奖。他甚至觉得自己即将成为指点江山的将军勇士，并用史无前例的官职地位来荣耀门楣、光宗耀祖。那时，他的字典里没有“不可为”和“做不到”，因为不管是别人还是他自己，都已经将“神探”的威名牢牢套在他的脖子上，让他不能低头，更不能服软。

好在梅硕从不像邢敏那样刨根问底，连日的点灯熬夜也耗尽了他的精神。此时，他已经抱着车顶的扶手睡着了，即使县界小路崎岖不平，也颠不破他正在进行的好梦。老周猜想，梅硕应该梦到了邢敏，或者正在梦中练习他现实中不敢操作的表白。想到白天对梅硕的鼓励，老周不禁哑然失笑。以他对连环杀手的了解，凶手不会马上就销毁猎物。否则，他也不会搞出一出偷梁换柱的案子来戏耍警察。他这么做，一方面说明他的自信心在膨胀，另一方面也泄露了他对邢敏这个猎物的珍视。可这珍视绝对不是他停止杀戮的理由。老周强烈地感觉到凶手内心的挣扎。究其原因，只能来自15年前的第一起案件。

警车横穿过县界，就进入此行的目的地，那个15年前还是小县城的地级市——辽源。多年的经济扶持已初见成效，时近午夜，辽源的主街上还是一片灯火通明，完全与大城市相媲美的夜生活，显示出城市发展和经济进步的底气。梅硕被嘈杂的人声、车声惊醒，念叨着以为进了省城。

老周轻车熟路地找到老城区的一条小巷。那里原来是辽源最有名的工厂区。如今工厂倒闭，周围住宅成片拆迁，原来最繁华的地段，反而成了如今最灰暗的区域。巷子里连路灯都撤了，残垣断壁上随处可见大大的画着圆圈的拆字。梅硕深一脚浅一脚地走着，嘴里念叨着自己最担心的事——地址找到了，人不见了。老周心里又何尝不是如此。老刑警的直觉告诉他，这个李纯多半已是不复存在的一个名字。

“到了，居然还有灯。”梅硕兴奋地叫着。老周看着面前这栋破败的几乎要坍塌的筒子楼，有点不相信二楼那个亮着灯光的窗户是一个真实的存在。他使劲儿揉揉眼睛，又观察了一下周边情况，才和梅硕一前一后走上楼。

“谁啊？”应门的是一个苍老的声音。

梅硕赶紧表明身份。门内窸窸窣窣了好久，才见一老头将门开了一条缝。老周递过警官证，对方才彻底将大门打开。

“对不住啊，警官们，这楼里就剩我一家了，不能不多提防着点儿，你们见谅啊。”老头脸膛绯红，满嘴酒气，神志倒还清醒。

“是我们不好意思，这么晚来打扰您。”老周递上车辆的照片，表明来意。

老头看都没看就告诉他们，这车肯定是坏人捡了他们家李纯的身份证偷买的。因为15年前，他家李纯就跟着男朋友私奔了。为这个他还报过警。警察象征性地找了几天，就表示无能为力了。

“哎，女大不中留，我啊，就当没这个闺女了。”老头嘴上这么说着，脸上却流露出难掩的哀伤。

“说是这么说，毕竟是自己的骨血，您啊，生气归生气，这迟迟不愿搬走，是不是还想着女儿总有回家的一天吧？”同为父亲，老周当然理解老头的话，几句话就把双方的关系拉近了。随着老头的回忆，一个酒鬼的女儿，愤然离家出走，寻找幸福的故事被完整还原出来。

“我是爱喝点儿酒，可我一个人苦熬多半辈子，不就怕后妈委屈了她吗？唉，到头来……”回忆勾起了老头的伤心事，说着说着，他又拿起了酒瓶。

梅硕眼疾手快，一把抱住酒瓶，继续追问：“那您家有没有李纯的照片之类的东西？”

“没有，我都烧了。一件不留！”

“那个带李纯走的男人，您认识吗？”老周从梅硕手里接过酒瓶，给老头的杯子里倒了一杯底白酒。

老头端起杯子，一口干了，边咂摸着酒的滋味，边说：“要说认识，也不认识。他就是厂里临时雇的长途车司机，没待多久就走了。谁能想到，这就把我闺女……”

“那个人长什么样？是不是很精神？”梅硕脑子里闪现出自己重点接触过的中年文艺男。

“那倒没有，岁数比我们纯儿大了不少，长得也就一般人儿，中等个，胖乎乎的，没什么特别的。”

梅硕看看老周，二人同时掏出手机，还是老周先调出了柯正华的照片。

“您看看，是不是这个人？”

老头找出老花镜，前前后后看了好久，才将信将疑地说：“像，可又不像。那人没这么老。”

“哎哟，我的大爷啊，十几年了，能不老吗？”梅硕终于沉不住气了。

“老哥，您别急，不行明天您酒醒了，我们再来。您再仔细看看。”

“不用，我又没醉，不用看了。我们纯儿那也是百里挑一的姑娘，绝不会看上这半大老头子。不用看，肯定不是。”

梅硕无奈又调出其他几个人的照片，自然都被老头一一否决。眼看着这趟差就白出了。老周忽然问他，记不记得这个长途司机是那年几月来的工厂。老头回答得很干脆：“五月底、六月初，我记得清楚着呢！那年纯儿看上条红裙子，我嫌贵没给她买……”

老头后边的话，老周一句都没听进去。他愣愣地跌坐在椅子上，看着窗外漆黑的天空，艰难地向老头提出了最后的要求：“老哥，您能跟我们走一趟吗？我们需要给您做个检查。”

4

邢敏在窄巷中穿行。刚下了雨，湿滑的石板路上反着昏暗的光。清脆的高跟鞋声带着水滴的回音，在巷中混响。她抬抬脚，看到脚下那双已经脏得不成样子的小白鞋，环望四周，寻找声音的来源。随着她的静止，高跟鞋声也消失了，取而代之的是她急促的呼吸声。她不知道自己在怕什么，只觉得一眼望得到头的街巷里藏匿着不可知的危险和恐惧。她慌乱地翻找着可以利用的武器，发现浑身上下能用的只有一只口红。她索性扔了口红。小巧的圆管在湿地上蹦跳了两下，滚落到路旁的水沟里。一只白皙的手忽然伸了出来，指尖灵巧地捡起沾了污水的口红，背过身，向远处走去。

邢敏定定地看着这个从暗影里走出的女人——雪肌、红裙，一切都似曾相识，又无比陌生。

“你是谁？”邢敏的问话声在空中回响。女人停住脚步，缓缓转过身。她的头低垂着，乌黑的长发挡住了半边脸。邢敏根本看不清她的本来面目。

“你是问我吗？”随着她空洞的回答，小巷的暗夜里忽然多出来十数个红裙女郎。她们黑发遮面，排成一排，瞬间飘到邢敏的面前。

邢敏下意识后退几步，终被什么东西绊倒在地。她挣扎着想站起身，却被地上湿滑的液体一次次滑倒。这时她才发现，潮湿的地上哪里是雨水，分明是不断上涌的血浆。她挣扎着、后退着，怎奈血泊如涨潮的海水，很快就将她淹没。她拼命露出头，想呼喊、求救，可喉咙似乎被什么东西扼住，根本发不出声音。

邢敏猛地睁开眼睛，听到梦里的自己拼尽全力的一声呐喊。

四周静极了，仍是一片黑暗。意识渐渐回到邢敏身上。她才慢慢想起自己被绑架了，在那个洒水车经过的瞬间。她不知道已经过了多久，只记得那日，她站在街边，看到天边升起启明星，情不自禁向街里边走了几步。忽然，柯正华叼着个烟斗出现了，带着他一如既往和善的微笑，递过来一盒冒着白烟的东西。她没有继续前行，还喝住柯正华停在原处。柯正华很配合，只前进了半步，就捧着那东西站在原地，表情和眼神都在招呼她去接受他手上的东西。接着，邢敏闻到了熟悉的消毒水味儿，柯正华的面容随之变得模糊虚幻起来。随着一阵天旋地转，她的意识最后定格在柯正华口鼻间那个烟斗。她不知道那是什么，只确定那肯定不是普通的烟斗……

邢敏再次醒来就陷入这黑暗里。她什么都看不见，只知道自己的双手、双脚都被捆得结结实实的，嘴也被胶带封着，动弹不得，更叫不出声。她试着挣扎了一阵，发现一切都是徒劳后，便停止动作，尝试调动听觉、嗅觉等其他能力去感觉自己的处境。随着呼吸的平缓和心境的平和，她能感到脚面上似乎插着什么，一股清凉的液体正缓缓地流进她的身体。于是，她长时间沉浸在一种迷乱的状态中，以致噩梦不断，意识模糊。这期间，她能感觉到什么人来过，可那时她的眼皮好像被什么东西黏住了，根本睁不开，而浑身的感官也迟钝而迷乱，只能任人摆布。

这次噩梦醒来后，邢敏觉得头脑清醒了许多。身上被捆绑的部位早已麻木，她甚至感受不到脚上的异样。其他感官失效的情况下，嗅觉就显得尤为重要。她清晰地闻到那种熟悉的消毒水味儿。唯一不同的是，此时此地，那味道中还混杂着一种潮湿和发霉的气息，或许还有些生石灰的味道也未可知。她不再徒劳地睁大双眼，只闭着眼睛仔细感受身体传递的每一个信息。昏睡似乎恢复了她的体能。身上的疲累消失了，除了被束缚的四肢麻木而酸痛，邢敏判断自己应该没有受伤。意识清醒后，她便感到了胃部的空虚，饥渴也成为她最大的不适。她挣扎着，希望能触碰到什么。可四周什么都没有，她仿佛被放在一个辽阔的平原上。不对，潮湿和霉味说明这是个不通风的地方，加上无边的黑暗。邢敏断定自己被囚禁在一个类似地窖的地方。她忽然想起那日老周拿着铁铲四处敲击的样子。看来，老同志早就体察到什么，只是一时没有证据。如果这个地窖不在柯正华家，又会在哪里呢？邢敏想到她最后落脚的地方。除了那些灯红酒绿的场所，一处工地与正在翻建的马路融为一体，令人极易忽视。难道自己根本没有远离那天失去意识的地方？邢敏痛苦地回忆着，可除了那盒冒着白烟的东西，她连自己怎么倒下的都不记得。

理智的思考进行不下去，她只能开始想象。按照现有的情况，老周应该已经怀疑到柯正华了，只是苦于没有证据。自己失踪后，老周必会紧盯柯正华。只要他出现一点儿纰漏，以老周的敏感，一定会顺藤摸瓜找到自己被囚禁的地点。还有梅硕，那家伙一早在自己手机上做了手脚，超过24小时搜寻无果后，手机会自动发送定位信息。

可是，手机呢？邢敏这才意识到，自己浑身上下除了贴身内衣，几乎一丝不挂。麻木的身体，随之感到刺骨的寒意，那个魔鬼居然扒光了她的衣服。愤怒带来了力量，邢敏疯狂地挣扎着，渐渐明白令自己动弹不得的原因——自己不仅手脚被束，而且身体呈反弓状被一条绳子牢牢固定着。她根本无法通过腹肌的力量产生丝毫移动。唯一的办法就是利用手脚相连形成的反向回环，通过背肌的力量，带动胸部和腹部，向前移动。想到那个难拿的姿势，邢敏真后悔平时没有好好练习瑜伽。身体柔韧性不够，她被束缚的双手双脚根本接触不到。忽然，她摸到了那条束缚她的绳子。她试着用手拽动绳子，另一头的双脚果然被牵动了。她兴奋得有些感激这条绳子了。于是，尽量放松神经和肌肉，依靠绳索的力量，竟真的一点点将双脚拽到了手边。调整了一下呼吸，邢敏开始下一步努力。她要依靠身体的惯性，让自己趴在地面上。黑暗中，她左右扭动着身体，竟然真的将自己翻了过来。

此时，邢敏已大汗淋漓，无力地喘息着。她知道自己不能停，好容易翻转过来的身体，随时可能因为自己过度用力的喘息再次倒在地上。既然这里是地窖，就不会有太大的空间，只要她能找到墙壁，就能获得生机。她深吸一口气，调动自己并不发达的背肌，利用手臂和双腿的拉扯，居然向前移动了一小步。胜利的喜悦和顽强的求生欲给了她力量。她居然连续做了好几个这样的高难度动作。终于，她体力不支，双手再也抓不住双脚。反向回环的身体，瞬间弹开，又被绳索牵制，在惯性的作用下，重重地摔在地上。

邢敏重新侧卧在地上，肩膀、胯骨被摔得生疼。可她笑了，因为跌倒的过程中，她似乎触到了墙壁。看来这个地窖真是狭小，经不住她的几番折腾。她喘息着，默默恢复体力，相信下一次运动后，就能找到她可以依靠的墙壁。

5

柯家小院里又传来“沙沙”的翻土声。月色下，柯正华像一个永不疲倦的幽灵，辛勤劳作着。他把那十几株名贵的月季都挖了出来，统一栽种在一进门的花池里。对其他颜色的花朵，他就没那么精心了，任它们倒在地上，被石块和泥土掩盖。将最后一袋花土倒在花池中，柯正华又从屋里拎了一桶水，仔细地淋在花朵上，最后放心地坐在地上，欣赏自己的杰作。

现在的小院，只有假山石和这一坛艳丽的花朵了。相信，明天白天，太阳升起的时候，这些花会在阳光的普照下，绽放它们最初的美丽。而冲入院门的人们，第一眼看到的，便是这祭坛一样的布置。

明天，家里会有人来吗？柯正华已经感觉到客人将至的脚步了。他相信，自己的直觉没有错。就像现在，加上新栽的一朵，他又数了一遍花池里的月季花，真的共有12朵，俗语中的一打。他觉得这是个圆满的数字。无论如何，应该保持它的完整性，多一个少一个都不好。

可是地窖里那一朵该如何处理呢？对那朵最娇艳的，从一开始就吸引着他的最后一朵，柯正华仍没有拿定主意。这真是一个要命的问题，从一开始就干扰着他原本平静如水的心。

柯正华第一次见到邢敏是在程潇家的现场。那天，他正混在看热闹的人群中，洋洋自得地欣赏着自己造成的骚乱。忽然，一个女警察带着一个娘炮一样的男人闯进了警戒线。她干练的短发、中性的服饰和故意装出的粗声大气一点儿也掩饰不住她作为女性的柔美特征。尤其是风把她的头发吹得无比凌乱的时候，柯正华无神论的信条便被彻底颠覆了。他坚定地认为，那是他的纯儿经过生死的荡涤，轮回而生了。从那时起，他的目光就再也离不开这个负责揭露他所犯罪恶的女警察了。

说来真是滑稽，他不但不怕她会查出自己的破绽，反而对她的辛苦奔波和因找不到破案头绪而产生的苦恼心疼不已。所以，他几次三番，积极主动地配合着她的工作。其实，对他来讲，那一次次出入警局的过程，与其说是协助警方工作，不如说是为自己创造的一个个亲近和再见到她的机会。他享受着、满足着，甚至情不自禁将自己家里的钥匙交给她，目的只有一个——告诉纯儿，她放弃的与他一起生活的真实状貌。他曾经答应她的话，他一样都没有失言。他会为她提供衣食无忧、安宁自在的生活；他会把家里收拾得井井有条、窗明几净；他会永远爱她、照顾她，即使她疾病、衰老也绝不会将她抛弃……

可那个女警察太让他失望了，她对他的良苦用心居然没有一丝一毫的感觉。她甚至将一切的重心都放在那个瘫子身上。那是个什么？那本就是什么都不是的一个玩偶。他曾想用她来医治自己生理和心理上的疾病，谁知她居然……

柯正华忽然不能保持平静了。他对纯儿的美好幻想和回忆，都被那次邢敏还给他车钥匙时的态度打破了。近距离接触中，他发现那个女警察怎么可能是纯儿呢？那种长期在男人圈中混迹所形成的浊气，已经将其污染了。还有那个老头，每次都那么不识趣地出现在邢敏身边，好像有意提醒他自己曾经做过的一切。其实，根本不用提醒，15年来的每一件事他都记得清清楚楚。他已将那些肮脏女人的身体洗净，并将她们的灵魂化作鲜艳的花朵，经受日月和风尘的照拂。他相信，来世的她们必不会玷污她们原本纯洁的心性，成为他意念中永远纯洁美丽的女孩。

出于对自己安全的考虑，可能更多的还是对邢敏的失望。柯正华本已放弃那份幻想和对危险的招惹。谁知，在那个湿漉漉的暗夜里，邢敏竟然穿着那条红裙子出现在他制造“魔术”的地方。那时的她长发飘飘，眉目清纯，分明就是梦里那个永远不会改变的纯儿。刹那间，他哪还记得她的身份，哪还顾得上是不是警察的圈套，哪能让自己放掉这个诱惑无边的猎物……

凭着对周围环境和关键时间的把握，柯正华略微改变了自己的手段，就在老周的眼皮底下，将邢敏弄到了自己的怀里。第一次拥着那个温热、柔软的身躯，他就不能自已了。可他必须克制住那难得的冲动，等待危险消失的时候。那个老警察实在难缠，紧盯着他不放。他不得不让邢敏与那个肮脏的身体一起待了整整一个晚上。等他处理了那个女人回来，所有的美好就都没有了。褪去红裙的邢敏穿着中性的毫无性感的内衣，摊在地上的样子，给他带来的只有厌恶。他难以自控地放大着她已经被污染的现实，懒得去触碰那个毫无知觉的躯体。可他是个善始善终的人，他不会任这个正在变得污秽的躯体就这样肮脏下去的。他要彻底拯救她。

这就是柯正华把邢敏弄回地窖的原因。为了保持仪式的完整性，他甚至也为邢敏准备了一株名贵的红月季。可不知为什么，那株新买来的花束，认生似的就是不肯老老实实直立在花池里。他已经第五次将其扶起来，围在众多花朵中。他不信它还会倒。哪知，此次它虽没有再倒下，却从花枝部直接折断了。看着那低垂的花冠，柯正华仿佛又看到低头无语的李纯。他惊恐地将那朵花连根拔起，远远地扔了出去……

6

没等到第二次运动，邢敏就看清了自己的所在——其实她离墙壁只有几厘米之远。给她带来光明的是站在台阶上的穿着雨衣的柯正华。

“呵，女警察就是厉害，捆成这样也能动。”柯正华将应急灯挂在墙壁上，靠近邢敏，蹲下身，“饿吗？要不要再打点儿葡萄糖？啧啧，看你把自己弄得脏死了。

柯正华说着站起身，从角落里拎出一个高压洗车器，抽出水管，按动机关。冰冷的水柱，无情地冲击着邢敏的身体。她奋力挣扎着，却徒劳无功。

柯正华冲够了，放下洗车器，又拿出拖把和笤帚，干脆麻利地将污水扫进周围的小水沟。邢敏被冲得头晕目眩，可看到那个精致讲究的小沟渠，立即想到柯正华家院子周围那圈排水沟。她明白自己应该就在柯正华家附近。可那日，老周明明已经屋里屋外查看了一遍，并没有发现有暗道、地窖之类的迹象啊。邢敏能想到的只有那个人造假山，或许秘密就藏在那几块大石头下边。借着灯光，她仔细查看着洞内的情景。这果然是个不大的地窖，但是高度足令人站直身体。洞的四壁铺着塑料薄膜，除了角落里的一只塑料桶，空无他物。

柯正华收拾完了，又走过来：“怎么样，我这个地宫，还算整洁吧。这可是让你们净化身心的地方，必须保证卫生。”柯正华发现一面墙上的塑料薄膜耷拉下一个角，赶紧走过去，拔出墙上的钉子，抻平薄膜，重新固定。

“放心吧，薄膜是新换的，那些女人没沾过。”柯正华狞笑着看着邢敏，“你和纯儿长得真像，真是太像了。”

邢敏呜呜地想说什么。

“哦，安静，安静，我的小宝贝。这可不是你发声的地方。不过，放心，我知道你想说什么。你肯定是想知道这一切是怎么回事吧？别急，我就是来给你讲故事的。”

说着，柯正华居然坐在邢敏的身边，一边用毛巾为她擦干水渍，一边开始娓娓道来。随着他平缓的语气，一个浪漫的爱情故事呈现在邢敏面前。

十几年前，柯正华还是个长途车司机，接了到辽源钢厂拉盘条的活儿。那时候，钢厂人丁兴旺，生意兴隆。他几乎成了厂内常驻司机，一来二去，认识了经常来给库管员老李头送饭的李家丫头李纯。李纯自幼丧母，跟着嗜酒如命的老李头长大。老李头对外说是心疼闺女，多年未娶，实际上他经常酒后失德，又性格暴躁，根本没人愿意跟他。只有李纯别无选择，忍气吞声地守在他的身边。那年，李纯高考落榜，找不到工作，经常被老李头打骂、耻笑，正处于人生低谷。柯正华就在这时候出现了。他外形干净得体、性格温顺柔和，很快就俘获了姑娘的心。谁知，老李头知道二人恋爱的事后，不但强烈反对，还以拐骗民女为名，把柯正华告到了厂保卫科。厂方碍于老职工的面子，要求柯正华公司调换司机。公司见柯正华给公司惹了这么大麻烦，竟将其解雇了。柯正华无奈向李纯辞行。而李纯却义无反顾，提出跟他私奔。于是，像每个俗套的爱情故事一样，一对恋人在不远处的省城，开始了甜蜜的生活。

幸福的生活都是相似的，不幸的生活其实也没太大区别。二人新鲜劲儿一过，李纯就有些后悔了。从前老李头对她虽疏于照顾，可毕竟就这么一个女儿，物质上、经济上从来没有委屈过她。而今，柯正华丢了工作，处于打零工状态，又要养活两个人，经济上自是拮据。李纯又在灯红酒绿的省城，看到了与小县城里绝对不一样的生活。物质的丰富和眼界的开阔让她对生活有了更高的追求，这哪里是柯正华能满足的。当火热的爱情逐渐被熟悉的亲情取代的时候，指责和怨怼就成了家常便饭。柯正华从不跟李纯争吵，只将所有委屈和不满深藏在心里，同时，变着法儿地寻找工作机会，改变他们的生活水准。愿望是美好的，现实是残酷的。省城的高消费和过剩的劳动力，令柯正华别无选择，只能重新干起了长途司机的老本行。聚少离多的日子重新开始，李纯却如鱼得水，瞬间投入到火热的生活之中。之后，像刚刚步入现代和时尚潮流的女孩一样，她还没弄明白怎么回事，就成了陌生男人床上的猎物。经过第一次撕心裂肺的痛苦，李纯终被花花绿绿的钞票俘虏了。她过上了自己想过的日子，常年在外的柯正华就显得不那么重要了。一次长途归来，柯正华收到了李纯的分手信。他不明白何以两月不到，李纯就变了心？在邻居怪异的笑容和指指点点中，他很快知道了李纯变化的根源。他拎了把虎头钳来到了李纯经常出没的地方。在那里，他看到了李纯和与她一样搔首弄姿的女孩，还有那些肮脏龌龊的男人。他立即觉得不是他的纯儿的错，都是那些女人带坏了她。他必须挽救李纯。

“我明白你们女人的心，最大的感动就是给她一个浪漫的求婚。”柯正华说着，眼睛里冒出柔和的光，“我知道纯儿下决心跟我私奔的导火索是她想要一条红色的礼服裙参加跳舞比赛，她爸不给他买。所以，我就用攒了两个月的钱，买了一条商场里最贵的红裙子。我想让她穿着这条裙子，参加我们的婚礼。可她居然说，自己是在开发自己最大的价值，嫁给我将是最大的资源浪费。”

柯正华的眼神瞬间变得冷酷了。他站起身，拿起高压水枪，拼命地按着开关。桶内已经没有水，水枪只发出绝望的哧哧声，一如他的喘息。

“我没想把她怎么样，我只想让她好好反省反省。谁想到她那么犟呢。我只能惩罚她，我要给她进行彻底的清洁……”

邢敏不得不佩服梅硕的分析。关于女尸被灌肠、漂白、放空血液等细节，他早就做过心理分析，认为那是男人为保持女性绝对纯洁的一种变态的反应。

“唉，女人的本性就是贱。我饿了她三天三夜，她愣是死不改口，还骂我没本事，不是个男人。好，我倒要让她看看男人的力量。”柯正华重新蹲到邢敏身边，恶狠狠地看着她，“邢警官，你知道男人的手劲儿有多大吗？你能想象，你细嫩、白滑的脖子在男人手心里的感觉吗？那真是……”柯正华说着，把手伸向了邢敏的脖子……

第九章　红裙子，物归原主

1

在省厅法医中心等待DNA结果的时候，老周好像耗尽了最后的心力，一直靠着角落的墙上，半闭着眼睛。梅硕则缠着老李头联系可能知道当年司机情况的工厂老人儿。在大家热情叙旧、长吁短叹、努力回忆之后，终于拼凑出一个怪异的姓氏——小可和几个放之四海皆准的外貌特征。

“您再好好想想，那可是您亲闺女啊。”

“行了，别问了，肯定是柯正华。”老周打断梅硕的努力，递上来一张纸。

那是法医中心出的DNA鉴定结果。老周用老李头的DNA比对了第一起案件死者的DNA，结果是二人有极近的亲属关系。第一起案件的死者就是老李头失踪多年的女儿李纯。

突如其来的消息只产生了短暂的沉默。老李头忽然抢过那张纸，仔细看着，瞬间老泪纵横：“纯儿啊，我说这么多年，你怎么不回家呢？原来你是回不来了啊！”

老周拍拍老李头的肩膀，欲言又止。

“周老，下一步怎么办？”梅硕发现刚才还萎靡不振的老周，重新恢复了往日的模样。

“队长那边来信儿了。法医在那辆套牌车后备厢发现微量血迹，经查验，是关红和新发现死者的。他们已经出动抓捕柯正华了。咱们这就回去，彻底搜查他的老窝。”

“周老，您说邢敏她还活着吗？”

“活着，肯定活着。她还等着你表白呢！”老周说得斩钉截铁。

回去的路上，梅硕彻底蔫了。柯正华人间蒸发，邢敏活不见人死不见尸。老周不会劝人，只将油门踩到底。他觉得最后的希望只能在柯正华的小院和那个躺在床上的女人身上。

再次进入小院，老周一扫往日的温和，大声命令警员，拔了那些花草，掘地三尺，寻找地窖。不过，等他看清小院的变化，发现清理花园的工作已经不用了。柯正华自己早已清理了花丛，只剩下那些名贵的月季，栽在门口的花池中。花池后边就是那个不高的假山，远远看去，竟是一个正被祭奠的坟茔。

“周老，12朵。”细心的梅硕，一进门就清点了花朵的数量。

老周立即明白这个数字的意思——12朵月季花，代表着柯正华15年来杀害的12个鲜活的生命。

老周改变了自己的命令，保留了花池。他知道，秘密的突破口只能在床上的女人身上。

老周走到柯正华妻子身边，对着那个双目紧闭、毫无知觉的女人，认真宣读了对房屋进行彻底搜查的法律文书，就开始围着那张中规中矩的床转圈。这就是一张普通的双人床，病人靠外躺着，里边靠墙的半边，被褥整齐，好像从来没有睡过人。老周猛地想起柯正华从车里醒来的情景，顾不上脱鞋就爬到女人的另一边。搬开被褥，几缕长发出现在靠墙的床单上。老周似乎看出什么，立即让梅硕帮忙，将女人抬到了床里侧。由于长期卧床，女人睡的位置已经有些塌陷，老周双手撑在床垫上，使劲压了压，然后猛地掀起了床垫。奇迹出现了，床垫从中间分成两半。靠墙的部分，女人安稳地躺着，而她平日的身下，竟是一个单人床大小的洞穴。这时，本是一动不动的女人发出骇人的声响。那野兽嘶鸣一样的声音，惊得老周打消了独自入穴的念头。

救护车拉走了那个被男人照顾了十多年的女人。随即，排爆队、技术队浩浩荡荡进入小院。排爆队收获不大，只证实地窖是在20世纪五六十年代防空洞的基础上改建的，总面积不足八平方米。重新修理的排水系统与院外的排水渠相通。唯一的出风口被院外假山石挡住，极难发现。技术队也毫无收获。地窖里干净得像医院的走廊，充满了消毒水和石灰粉的味道。老周不相信柯正华还有其他藏尸地点，亲自到地窖中查验。

过去的十几年，老周无数次想象过这个藏匿罪恶的地方。在他的想象中，洞穴不会这么大，这么方正，更不应该这么整洁。那些可怜的姑娘应是蜷缩在自己的呕吐物和污秽中，流尽最后一滴血。现在看来，柯正华对他们的清洁是随时而彻底的。那条精致的排水渠足以证明他的细致和耐心。站在洞穴中间，老周几乎看到全副武装的柯正华背着水桶，拿着消毒剂，疯狂冲刷那些被扒掉红裙子的胴体。直到她们奄奄一息，泛出非人的惨白，他才会伸出那双大手，卡住她们的脖子，看她们无力地、象征性地挣扎几下，归于平静……之后，就是他的盛宴。他会娴熟地挥动手术刀，仅一下就能看到红色的喷泉。喷溅的鲜血令他兴奋。他会满足地拥抱那些已经没有知觉的身体，似乎要陪伴她们悲哀的灵魂离开人间……老周猛地抬起头，一人多高的洞顶上，果然浅浅地印染着几滴深色的斑点。

对于自己妻子的病，柯正华没有说谎，只是隐瞒并控制了现代医学对脑中风患者的治疗能力。多年来，他一直用安眠药、镇静剂等药物替代医生的处方药。医生已不能判断女人最初病症的程度，只能根据现状判断，这个常年被药物控制的女人有着极强的求生欲。否则，不可能坚持这么多年。只是，为了最后的呐喊，她花费了太大的力气，以致脆弱的脑血管再次爆裂。

老周特意到病房看了女人。女人带着氧气罩，在各种监控仪器下艰难喘息着。老周知道，他们不可能依靠这个醒来也未必能有清醒意识的女人，但他相信女人发出最后嘶鸣的力气，来自十几条亡灵的冤魂。

自信又回到老周的身上。回到办公室，他郑重地将邢敏的名字写在黑板上。看着那整整13个名字，他一字一顿地说："人不可能永远那么好命。"

像是要验证他的话，梅硕举着省厅专家传来的情况报告跑进办公室。

"周老，关红伤口上的疑点解开了。肌肉痉挛和血管萎缩是凶器长时间堵住破损血管造成的。"

老周立即想到那个自动卷帘门和那个沾满鲜血的锥形插销，

明白了一切。

“这就对了，利用卷帘门上升，带动插在脖子上的插销离开伤口，造成静脉血喷溅，用不了半分钟，关红便会不治而亡。而卷帘门开启的时间固定在第二天午后，准确的死亡时间，完美地形成了不在场证明。”

“对，所有刑警队的人都是他的证人。这个柯正华太混蛋了。他居然敢玩弄警察？”

“他对咱们岂止是玩弄？以前我还不能理解他为什么几次三番主动出现在警察面前，以为是赤裸裸的挑衅，直到那天小敏穿上了李纯的红裙子。”

“什么，老周，你——”

没等梅硕说完，老周拿出了那个他一直抱着的装着骷髅头骨的箱子。

“这，这是——”梅硕后退一步，已经猜到一二。

“没错，这就是李纯的头骨。十几年了，我抱着她走了大半个中国。”老周轻抚着盒盖，声音有些哽咽，“有时候真坚持不下去了，我就把手放在上边，跟这孩子讨点儿力气。”

“所以，那天，您就让小敏穿上她的裙子？”

“不是我让的，是小敏自己要求的。”

“她——”

“她自己放下了，走出自己的怪圈，一切就都变得容易了。”

“可她现在还……”

“柯正华不会杀她。”

“为什么？”

“因为小敏长得像李纯。我可以肯定地说，柯正华几次三番来警局，为的就是见到小敏。”

2

邢敏觉得身上干爽温暖，舒服极了。身体被柔和的薰衣草味道包围着，仿佛回到多年前妈妈的床上。随着意识的恢复，她记起那只黑壮的布满青筋的手。是的，那只手卡住了她的脖子。她窒息，挣扎，全都无济于事。于是，她放弃了，只平静地看着那张狰狞的脸。那便是死亡前的坦然吧。可现在的感觉是什么？是死后的释然和解脱吗？邢敏调动着记忆里所有关于天堂地狱的描述，就是不想睁开眼睛。女人虚荣的本性让她并不愿意承认潜意识里的恐惧。可她心里清楚，之所以不敢睁开眼睛，是因为她害怕这一切的安逸只因她已经死了。强烈的悲伤带来已被她摒弃多年的顾影自怜。她第一次觉得自己还年轻，还有很多事情没有做，最关键，她还没有弄清楚一件事，一件对女人来说很关键的事。如果就这么死了，她真不甘心。胡思乱想中，她总算记起自己是警察，一个女刑警。职业特性不允许她有这样的软弱和颓废，再残酷的现实她也必须亲自面对。即使死了，也要留下蛛丝马迹让梅硕、老周他们给自己报仇。她倔强地睁开眼睛，才发现根本不是自己的问题，是她的眼睛被什么东西遮挡着，无法看清外边的世界，耳边传来水流声和鸟叫声。邢敏彻底清醒了。这不是什么死后的幻境，而是户外的某个地方。柯正华没有杀死她，而把她带出地窖，运到这个她看不见的地方。这是哪儿呢？

邢敏仔细感受着——风吹在身上，清冷潮湿；水流声很大，说明附近山石林立，形成一定落差；清脆的鸟鸣声此起彼伏，意味着这里植被繁茂。看来柯正华是带自己来郊游了。邢敏想着，试着挪动了一下身体，发现除了手脚仍被绑着，那条限制她活动的绳索不见了。她完全可以依靠腹肌的力量，实现小范围移动。她拼命挣扎着，向前挪动了好几步。忽然，一块大石头狠狠硌在她的腰眼儿上。她疼得缩紧起身体，接着，她只觉得身下一空，上下翻滚了好几下才落到一片潮湿里。水声更明显了。邢敏猜测自己滚到了水边，再继续下去就危险了。她必须找到可以利用的工具，解放双手，重获自由。

邢敏忽略了一件事。她的所作所为始终在柯正华的注视下。他不会让她摸到一丝一毫危险的东西。见她居然把自己折腾到了水边，柯正华停止了观望风景。他缓缓走下河堤，看着静静躺在原地不再轻举妄动的邢敏。

"好了，折腾够了，休息一会儿吧。"

邢敏的身体下意识紧收了一下，随后彻底放平，躺在湿地上。

"女警察就是不一样。不求饶，不害怕。我都后悔绑了你了。"柯正华蹲下身，小心解开蒙住邢敏眼睛的布条，"可谁让你长得跟纯儿那么像呢？我控制不住自己。"

柯正华的脸重新出现在邢敏面前。她适应着光线，更不放过任何时机地四处观望着。

"行了，别看了，不会有人来。这是属于我和纯儿的地方。没人知道。我原来答应给纯儿的婚礼就在那片山坡上。你知道吗，春天的时候，那里会有一大片白色的野花。当年，我都想好了，让纯儿穿着她喜欢的红裙子，躺在那片白色的花丛里，完成她从女孩到女人的转变。谁知道，她，她竟然，在那么肮脏的地方就把自己……"柯正华痛心的表情是真挚的，脸上无奈和悲哀的神态属于每个痛失爱人的男子。事实再次验证了梅硕对罪犯的心理画像——柯正华是一个追求完美的男人，他难以忍受美玉上的一丁点儿瑕疵。如此看来，早在李纯堕落的开始，柯正华就已暗藏杀机。即使他把李纯清洁得再干净，最终也不会放过她。那他对自己，为何手下留情？邢敏紧张地分析着柯正华的心理。

“看你难受的，想知道我为什么不杀你是吗？”柯正华竟然洞悉着邢敏的想法，“我也不知道。不知道为什么，我的手放在你的脖子上，竟然按不下去。你说，是不是纯儿在跟我暗示什么啊？”

柯正华居然撕去了封住邢敏嘴巴的胶带。

“因为你没有理由杀我。我不需要你的救赎。”邢敏尽量让自己的声音保持平静。她不能刺激这个沉浸在原罪里的男人。

“对，我是在挽救她们。那些廉价的女人，哪个不是忙不迭爬到我的车上，急急火火去进行她们肮脏的交易？我必须阻止她们。”柯正华狂笑着，忽然转过头来，恶狠狠地看着邢敏，“你说什么，你不需要救赎？错了，邢警官，你才是最需要挽救的。”

“我，我哪里错了？”

“你最大的错误就是混淆了自己的性别。邢警官，你是一个美好的女人，像纯儿原来一样美好，却甘愿让自己混在那群肮脏的男人中间。我为你难过，惋惜，痛心。所以，我不顾一切地把你救出来了。可我又不知道把你怎么办？”

“先想想你自己吧。你杀了那么多人，难道就没有一丝忏悔吗？”

“为什么要忏悔，我是在帮他们，就像现在帮助你一样。”

“你想怎么帮助我？”

“我可以帮你成为烈士啊。当英雄不是你一直想要的吗？”

邢敏清晰的思路被柯正华搅乱了。一直以来，自己争强好胜，跟男人一样摸爬滚打在第一线，到底是为了什么？为了惩恶扬善，实现自己的入警誓言；为了完成破案指标，对得起领导的支持信任；为了立功受奖，获得更多晋升机会，最终光耀门楣，对得起父母在天之灵的殷切期望……一时间，她想起很多，却不知道哪个是自己真正想要的。难道真如那个恶魔所言，像战士血染沙场一样死在杀人狂魔的手上，才是真正的死得其所，才是她内心深处最隐秘的虚荣和渴望？不，不可能。抓住凶犯，制止犯罪，才是每个警察的终极目标。像老周一样，他没有那么远大的理想和所谓的宏伟目标，他只想在退休之前，抓住这个滥杀无辜的变态狂魔，让自己平凡的职业生涯画一个圆满的句号。之后，他才能心安理得，回归平常人的生活。

放弃了英雄光环的邢敏忽然放松了，脸上的线条也变得柔和了许多。

“我没你想得那么高尚，我只是个警察而已。警察抓坏蛋，这是天经地义的事。抓住你，是我分内的职责；抓不住你，是我的失职，但还会有其他警察追过来。周老说过，你不会总那么好运的。”

“那就这样死了，你不觉得很不值吗？”

“是啊，我不想死啊，我也不甘心就这么死了。看着蓝天白云的，活着多好啊。”邢敏索性不去看他，将目光投向天空，好像真是来郊游的。

“你真是个奇怪的女人。你让我，让我……”柯正华的呼吸忽然急促起来，他直勾勾地看着邢敏，喘息着扑了过来……

3

梅硕开着警车在高速上疾驰。老周紧紧抓着车顶的扶手，才不至于随着车辆左右摇摆。他没想到梅硕能在瞬间爆发出一级特驾的能力。半小时前，梅硕改进的面部识别系统清晰反映出，疑似邢敏的女人出现在省际高速入口。从不主动开车的梅硕，抄起车钥匙就冲出了警队大门。幸亏老周反应快，跟着上了车。二人等不及大部队，径直冲上通往省城的高速。

“梅硕，监控显示，目标消失。”老周看着车上的手机，提醒梅硕。

“那说明他们进入无监控路段。周老，看看导航，前边路口通向哪里？”

“青松峡。这条路是往青松峡去的。”

“那就对了。柯正华要真把小敏当成李纯，肯定会带她去那个地方。”

“哪个地方？”

“梦开始的地方。”梅硕自信地说，“您忘了老李头说过，发现俩人恋情的地方。”

老周这才想起那晚老李头喝多了，絮絮叨叨说了很多李纯以前的事。他说李纯第一次跟柯正华的车往外跑，走的就是这条省级公路。他也是从李纯拿回来的照片上发现二人的地下情的。

“这条路上很多有名的景点，你确定就是这个青松峡？”

“确定。我按照老李头形容的照片上的花丛和周边景致查过，那时节，还有遍地野花的地方，只有青龙峡那个山坳。网上驴友说，那是山谷里的世外桃源。柯正华骨子里浪漫精细，肯定会精心设计第一次出行的路线。那里不是大众去的旅游点，又离家不远，是他的首选。”

出口就在眼前，梅硕调动方向盘，果断出了高速，向山间小路疾驰。

山路狭窄，不时出现急弯。梅硕没有丝毫减速。他的心里有一种不好的预感，邢敏正面临最后的危险。柯正华之所以没有在地窖杀害邢敏，是因为他把邢敏当成了李纯的替身。他想在他们感情开始的地方，印证什么，回忆什么或者挽回什么。以他对柯正华行为的梳理，他认定，柯正华对邢敏的态度是复杂的。这也许是他最后的机会。

“小梅，稳住了，这回我们肯定能赢。”老周看到梅硕额头冒出的汗珠，安慰着他，也安慰着自己。

“嗯。但愿小敏还记得我的那些唠叨。柯正华是个追求完美的人。顺着这个思路，跟他周旋，就能获得生机。”

“可他杀了那么多人，早知道自己罪无可赦，未必会……”

“周老，李纯的验尸报告上写着死因待查，是什么意思？”

“当时技术手段没现在先进，尸体又是高度腐烂，除了捆绑放血等线索确认凶杀外，法医一直没有给出具体的死亡原因。”

“可是后边的，除了关红，无一例外都是死于扼杀。”

“对，这也是当时他们跟我争执的最激烈的地方。”

“周老，我总有一种感觉，李纯不是死于柯正华之手。”

“你也认为另有其人？”

“不是，是意外！在柯正华实施杀戮之前，李纯就死了。这造成他亲手拯救其灵魂的目的落空——”

“以致成为他永远的遗憾，才会出现后来的杀戮。”

“对。在杀害了临市的两名嫌疑人后，他停止作案，是因为他结婚了。”

“婚后数年，他本想重新开始生活，谁知又出现妻子生病的变故。于是，将自己不幸的根源，全都归结到那些特殊身份的女人身上，开始重操旧业。”

“还有最关键的一点。我怀疑他早在李纯死后就性无能。他妻子意外怀孕，暴露了自己的行为不检。所以，他才再受刺激。”

“这就解释了为什么这些受害人都没有被性侵的问题。他对其妻的态度，也就不光是利用，更多的是折磨，他要让背叛自己的女人生不如死。”

“真想不到，长成那样的男人，竟这般狠毒。我只希望小敏不要被他和善的外表蒙蔽，更不要顺着他的引诱，刺激他。她表现得越放松，越无所谓才会越安全。”

“那边好像有个小瀑布。”一阵反光斜射过来，老周惊喜地叫道。梅硕一脚油门冲破了路边的围栏，斜插进不知名的土路。随着越来越大的水流声，一片开阔地出现在二人的眼前。

没等车停稳，梅硕就跳下车，跌跌撞撞冲向前方的河滩。老周看到地上新鲜的车轮印，警觉地观察着四周。

除了静谧，这里根本算不上什么美景。山坳挡住了夕阳，小小的山谷提前进入昏暗。失去阳光照射的河水变成浓郁的深绿色，河滩上被暴晒了一天的碎石，失去了往日的坚毅，与四周的枯草一样，显得十分颓废。如若柯正华的心思真如梅硕分析的，他应该是失望的。老周试着用梅硕的方法分析对方的心理。可这毕竟是柯正华和李纯的梦开始的地方。他肯定要在这里做点儿什么。

梅硕很快发现了挣扎的痕迹和河滩上一个浅浅的人形。那里离水很近，他几乎看到邢敏的头发在水中漂浮的样子。梅硕不顾一切地往河里跑去。老周一把拽住他。

“你干什么？刚才的自信哪儿去了？这么快就服输了吗？”

“周老，我，我刚才，刚才是开了外挂。现在，小敏，小敏她……”梅硕指着地上的印记说不下去了。

“不会。你说了，柯正华是一个追求完美的人。他要让小敏死，也不是这种死法。快，上车，没准他们就在上边。”

4

柯正华完全疯了，他癫狂地念叨着，咒骂着，中心只有一个——那些肮脏的女人害他当不成男人。

他本以为那个长相酷似李纯的洁净的女人能给他带来奇迹。面对那个被自己像对待李纯一样折磨了三天的女人，他也真的有了久违的冲动。可当他扑向那个洁净的身体的时候，他看到一种厌恶的眼神。见到那种他投向那些女人的眼神，落在自己的身上，他便瞬间疲软了。他忽然感到自己也无比肮脏，以致不得不跳到冰冷的河里……一切都无济于事，被他身体搅动的河水，变得越来越深，接着竟变成一潭血泊。他惊恐地跑回河堤，抱起邢敏，塞进车里，开始了真正的逃亡。可他不知道自己在逃什么。一种无形的恐惧，就在他的身后，他将油门踩到底，任车辆在山路上飞驰。

邢敏被颠得无法坐直，只能用头和脚撑在后座上，保持相对的稳定。车里忽然传来《甜蜜蜜》的歌声。

“知道这是什么吗？这是纯儿最喜欢的歌。这手机也是她的，可惜她一天没用过。”歌声让柯正华恢复了平静，“呵呵，知道我为什么不换手机了吧？我要用她的手机，在她死的时间，每天放一遍她喜欢的歌。”

邢敏看着放在手机架上的手机，眼前闪现的却是那个她刻骨难忘的雨夜里，她抱在怀里的同款的手机盒子，回到那个曾经短暂属于她的小家。至于家里的那个人，竟然模糊得成了一个幻影，飘忽着消散在她眼睛的水雾里。

“你错了，这手机本来就是你的，是李纯买了准备送给你的。”邢敏平静地说。

“你胡说，不可能，根本不可能。”

“怎么不可能？一个深爱自己男人的女人，为了自己的男人，什么都能牺牲。如果我没猜错，那天是你的生日。”

柯正华突然变了脸，眼前却全是年轻的李纯惊愕的脸。

那天，他回到家，看到正在摆弄新买的手机的李纯，立即被莫名的羞耻激怒了。他二话没说，一个耳光把李纯打翻在地。李纯惊得瞪大双眼，一句话也没说，爬起来将一封分手信甩给他后，开始收拾东西。就在这时，那只新款手机响起《甜蜜蜜》的歌声。李纯去拿手机，被柯正华抢先了一步。甜美的歌声中，两人发生激烈争执。情急之下，李纯一脚踢在柯正华的裆部。柯正华吃痛，反击一拳。李纯脚下一滑，向后仰去，随着一声轻呼，李纯一动不动地躺在地上，只有一双大眼睛咕噜咕噜转动着。柯正华忽然觉得这才是最好的安排。看着躺在地上的李纯，他第一次有了拯救她的冲动。于是，他给她清肠、洗胃，给她洗澡擦身。最后，还买了个大号洗澡盆，把李纯泡了进去……

“你怎么知道那天是我生日？”柯正华忘掉李纯越来越白的胴体，重新回到现实中。

“因为我是女人。一个人如果不到万不得已，不会不要廉耻。李纯肯定有很多委屈，肯定有她的万不得已。”

柯正华默默地攥起手机，滑开滑盖。屏幕上显示出通讯录，里边只有两个名录：一个是老婆，一个是家。

“不可能，这不可能。”他狠狠摔了手机。

“怎么不可能？李纯从小没有了妈妈，爸爸又不务正业，整天喝酒。她肯定早就想结婚，想有一个属于自己的家。而你呢，迟迟不给她答复。一味指责她只追求物质生活的缺点，从来也不给她承诺和未来。她在省城没有亲人，没有朋友，被骗、被引诱是不可避免的。可她虽然做错了，但她仍是爱你的，她想用一个像样的生日礼物，表达她的悔恨和愧疚……可你呢？你关心过她吗？问过她的感受吗？听过她的解释吗？”

“没用的，她脏了，她已经脏了。她就是死，也回不去从前了……”

“所以，你最终杀了她，还，放干了她的血？”

“没有。我最大的遗憾是没能亲手结束她肮脏的生命。纯儿是自杀的。我折磨了她三天，实在不知道该怎么办，就出门去买醉。等我回来，发现她用地上的碎玻璃，割破了自己的脖子。那一大盆血水，显得纯儿可白了，雪白雪白的。”

“这才是你后边杀戮的起因。”

“没错，就是那些脏女人带坏了纯儿，纯儿才死得那么惨。”

“那你为什么还让她暴尸荒野，还毁了她的容？”

“我不能让人知道，纯儿也是个脏女人。书上说，毁掉旧皮囊，才得真重生。纯儿死了，我只愿她有一个洁净的来生。”

“可你的疯狂让她十几年不能入土为安，只能眼睁睁看着你的罪恶，做一个孤魂野鬼。”

“你，你胡说。纯儿没准早都转世了呢？”

“你还不知道吧，老周天天抱着的那个盒子里，就是李纯的头骨。”

“吱——”

一声怪异的刹车声，传遍山谷……

“快，就在上边。”老周似乎感到什么，催促着。梅硕双手紧握方向盘，向仍在努力发射最后一丝光亮的夕阳的方向冲去。

忽然，又是一声巨响传来。

“梅硕，加速，前边。”老周指着远处的黑烟，张着嘴。

梅硕自然看到了，也听到了。他的耳边早已一片寂静，眼前也仅剩那团黑烟。

“刹车，刹车！”

老周大喊着，抢过梅硕的方向盘。又是一声刺耳的刹车声，梅硕才彻底清醒过来。他看看老周，又看看窗外。前边就是断崖，滚滚黑烟正从崖底冒上来。

“是男人，你就给我下车。”老周不知道等待自己的是什么结果，他只知道，不管怎样，他都要面对。梅硕也一样。

老周跳下车，从驾驶室里拽出梅硕。二人互相搀扶着，走向崖边。滚滚黑烟中，夕阳落尽，山风吹拂着路边的杂草，四周一片凄凉。梅硕不禁想起硝烟未散的古战场，而邢敏终于实现了战士马革裹尸的终极梦想。他应该为她高兴吗？他脚下一软，整个人瘫坐在悬崖边。

在老周的坚持下，梅硕还是看到了那辆正在燃烧的出租车。他以为自己会有随之而下的冲动。可事实是，他居然平静地坐在地上，理智地看着燃烧的火苗一点点变小，最后升腾起更重的浓烟。

老周始终像柱子一样站在一边，一言未发。他不相信十几年的追踪就这样结束了，更不相信那么坚强的邢丫头会这样轻易地离开。

“你们干吗呢？真不管我啦？”

树丛里忽然传来一阵虚弱的声音。那是——邢敏的声音！梅硕以为是幻觉，动作迟缓地循声望去。老周以为是幻听，不住地揉着耳朵。

邢敏等不及他们反应，挣扎着从草丛里露出凌乱的头。看到那张熟悉的脸，梅硕箭一般扑过去，一把将邢敏搂在怀里。

“哎呀，你弄疼我了。你松开，松开啊。”

“小梅，是时候了，说吧。”老周缓过神来，不忘提醒梅硕最重要的事。

“啊？什么啊！”关键时刻，梅硕还是梅硕。

邢敏没死。柯正华心怀绝望，带她冲向悬崖的最后关头，打开车门的安全锁，放了邢敏一条生路。他最后究竟是怎么想的，邢敏不得而知。只记得自己告诉他李纯十几年来，一直陪着老周见证着他的无端杀戮的时候，他忽然沉默了，然后就恢复了从前温和的笑脸，对着后视镜里的邢敏说了最后一句话：

“邢警官，你身上这条裙子是我后来又给纯儿买的，你穿着挺好看，可肯定没她好看。可惜，她没穿过。你帮我给她穿上吧！”

第十章　尾声："我是警察！"

1

邢敏没有食言，将那条裙子与李纯的遗骸一同火化了。老李头也终于搬离了那栋即将拆迁的筒子楼，带着女儿的骨灰回了老家。

老周在连环杀人案结案总结会后就递交了退休申请。邢敏不知道破了一辈子案的老周，离开刑警队将会怎么生活，特意跑去安慰。老周告诉她，他要找回属于自己的生活，希望邢敏不要像他似的，为了工作失去太多。邢敏说自己别无选择，因为她是警察。抓人破案，忘掉自我，那都是分内的事。老周便没再啰唆，只在上车前，将一个纸盒交给她，还嘱咐她，自己走远了再看。邢敏哪肯听，当着他的面，拆开了盒子。盒子里是一双最新款的莱尔斯丹高跟鞋。老周意味深长地说："喜欢，就别错过。"邢敏的脸腾地红了。见她如此反应，老周知道自己的意思到了，后边的事就看人家的缘分了。他难得咧嘴笑着上了回省城的汽车。

回警队的路上，邢敏感到一丝孤单。今后的路，不会再有老周的陪伴。而梅硕也即将结束他的基层实践，回到学院去。她没有接受队长让她转为内勤岗位的建议。不是她不能接受领导的好意，实在是她不能放弃当刑警的感觉。她喜欢那种酷酷的，亮出警官证，低沉地说——“我是警察”的潇洒，更期冀案件成功破获后的那种释然和解脱。与这些相比，其中的艰辛和苦涩，又算得了什么呢？

人啊，真是善忘的动物，典型的好了伤疤忘了疼。她是这样，那个人更是如此。事情过去那么多天了，那件她等待的事情仍没有出现，而那个人似乎早就忘了她失踪时当着全队的面喊出的愿望。邢敏不得不考虑用某种方式提醒他，或者为自己创造一个能够让他放松的机会。

邢敏在单位前边的路口拐了弯，径直去了不远处的商业街。在热情的导购小姐的帮助下，她为自己接了一头长发，还在几个小姑娘的指点下，精心化了妆。看着镜子里已经改头换面的自己，她第一次觉得那身休闲服邋遢、颓废，一点儿都不适合自己。于是，她又走进时装店，为自己挑了一条样式简单、颜色素雅的裙装。更衣室里，她特意换上老周送她的那双高跟鞋，将已经洗不出来的小白鞋直接扔进了垃圾箱。

整装完毕，早已是华灯初上。邢敏十分纳闷自从自己被绑架生还后，超过三小时见不到自己就会发微信询问行踪的梅硕怎么没有一点儿动静，禁不住主动微信联络。

“喂，结案报告写得怎么样了？”

“进行中。”

“你是不是写蒙圈了，怎么半天没动静？”

“你要什么动静啊？要不我给你念念……”

“嘿，你小子装傻充愣是吧？我，我……”

邢敏一时噎住了。她能怎样？作为一个女人，她能主动问他，为何不再继续关心自己了吗？可梅硕今天的态度实在是怪异。

“你怎么了？没事，我挂了啊，忙着呢。”

“忙什么啊你？那行吧，你把报告给我念一下。”

“好啊，可你总得找个安静的地方吧？再说，逛那么半天街，你不累吗？”

“你，你怎么知道我……”

邢敏忽然从听筒里听到一阵救护车的声音，而她的面前正好有一辆救护车呼啸而过。她敏捷地回过身，发现梅硕傻乎乎地躲在不远处的柱子后边。

“奇怪吧？谁让我是黑客小梅呢？以后自己生活检点一点儿啊，省得让我看到不该看的。”

梅硕低着头还在胡吹，根本不知道邢敏已经站在自己身边。

“那你现在抬起头，看看你不该看的。”邢敏一把揪住梅硕的耳朵，将他从柱子后边拎出来。

“哎哟，疼，疼……不是，你这样，跟这身打扮不般配。”梅硕连声求饶。

“那你说我跟你般配不般配？”邢敏忽然收了手，正色道。

“啊？”梅硕愣了。那本来早该从他嘴里说出来的话，终于被邢敏说了出来。他有些不习惯，也不能接受。

“问你呢？”

“哎呀，不对。老周说的不应该是这样。”

“应该哪样啊？我就知道是老周的馊主意。你，你呀真是，也不想想他老人家多少高龄了，居然让他给你出主意，真是……”

邢敏后边的话被热乎乎的嘴唇堵住了。随着一阵清甜，邢敏只感到两行泪水顺着眼角淌了下来。

“这样行了吗？”梅硕还是傻乎乎的样子。

“你啊，真是……”邢敏粗犷地抹了抹眼睛。这时候，一个人影从她的眼角瞟过。那是一个身材瘦小的二十多岁的年轻人，只见他眉目低垂，神色慌张，脚步匆匆地钻进了人群。

梅硕也发现那人怀里露出的女式坤包的一角，没等邢敏说话，大喊一声——“站住，我是警察！”随即，向那人的方向跑去。邢敏满意地笑了，拔腿追去……

2019年3月于北京